MARTIN BECK SERIES 06

POLIS, POLIS, POTATISMOS!

MAJ SJÖWALL & PER WAHLÖÖ

ECUS
Publishing House

薩伏大飯店

麥伊・荷瓦兒╳培爾・法勒 —— 著
許瓊瑩 —— 譯

木馬文化

目次

編者的話

故事，從一個名字開始

一九六五年，瑞典斯德哥爾摩的各書店內出現一本小說新書。書封上可見一名黑髮女子的影像。她雙眼緊閉，嘴唇微張，封面上大大寫著書名「Roseanna」一字。羅絲安娜，這是她的名字，她是一具河中女屍，剛被人從瑞典的運河汙泥中鏟起，而這部作品即將開啟犯罪推理小說的嶄新世紀。

當時，有不少過去習慣閱讀古典推理小說的年長推理迷在購書後回家一讀，大驚失色，紛紛回到書店抱怨，要求退書，理由是「這情節描述太寫實了」，讓他們飽受驚嚇。畢竟，在這之前，沒有哪部古典推理作品會以如此鉅細靡遺的冷靜文字，描述一具女性裸屍的身體特徵。然而，在此同時，這部作品俐落明快，描寫細膩，時而懸疑緊張、時而又可見詼諧的現代風格，卻在年輕世代的讀者之間廣受歡迎，大為暢銷。

這部以《羅絲安娜》為首，以社會寫實風格描述瑞典斯德哥爾摩的警探馬丁・貝克及其組員辦案過程的系列小說，便是在隨後十年連同另外九本後續之作，席捲北歐各國，熱潮繼之延燒至歐陸，進而前進英美等英語系國家的「馬丁・貝克刑事檔案」。

令人稱奇的事，如此成功的「馬丁・貝克刑事檔案」系列並非出自單一作者之手，而是一對傳奇創作搭檔的共同心血。

愛人同志，傳奇的創作組合

故事要從一九六二年說起。瑞典的新聞記者培爾・法勒，在這一年因緣際會認識了同樣從事新聞撰稿工作的麥伊・荷瓦兒，兩人進而相戀。荷瓦兒出身中產階級家庭，但性格非常獨立且獨特，年輕時常與藝術工作者往來，曾有過幾段短暫的婚姻關係，她在二十七歲認識法勒時，已育有一個女兒。曾在西班牙內戰時期遭法朗哥政權驅逐出境，因而返回瑞典的法勒較荷瓦兒年長九歲，已婚，同樣也有一個女兒，而且他在兩人相識時，已是頗富聲望的政治新聞記者。

兩人最初是在斯德哥爾摩一處新聞記者常聚集的地方因工作而結識，當兩人開始彼此產生感情，便刻意避開其他同業，改到其他地方相會。法勒當時在新聞工作外亦受託創作，每晚都會在兩人飲酒相聚的酒吧附近的旅館內寫作。相處一年後，法勒離開妻子，轉而與荷瓦兒同居。之後陸續有了兩個孩子，但兩人始終沒有進入婚姻關係。

荷瓦兒與法勒在共同創作初期，便打算寫出十本犯罪故事，而且，也只寫十本。這十部作品每本皆為三十章，都是由兩人各寫一章、以接龍方式合力創作而成；只不過，讀者很難從文字判斷各章分別出自誰的手筆。因為法勒與荷瓦兒在創作之初，就刻意不設定偏向哪一方的筆法，而是討論出最適合讀者及作品的行文風格，傾向能雅俗共賞——馬丁．貝克的形象於焉誕生。

疲憊警察，馬丁．貝克形象的誕生

有別於過往古典推理作品中，那些邏輯推演能力一流，幾乎全知全能的「神探」與「英雄」形象，荷瓦兒與法勒筆下這個警察辦案系列小說雖是以馬丁．貝克為名，但當中並沒有突顯誰是主角或英雄。這是一組平凡的警察小組成員，憑藉實地追查線索，有時甚至是靠著機運，才能偵破案件的故事。

這些警察一如所有上班族，各自有其獨特個性和煩惱——寡言、疲憊、婚姻失和、嗜好是組模型船，又有胃潰瘍問題的馬丁．貝克；身形高胖卻身手矯健，為人詼諧，擅長分析，有時又顯魯莽的柯柏（Lennart Kollberg）；愛抽菸斗、準時下班、每天要睡滿八小時、記憶力驚人的米蘭德（Fredrik Melander），以及出身上流階層，卻自願投入警職，個性古怪挑剔，永遠要穿上高級西裝的剛瓦德・拉森（Gunvald Larsson，第三集開始出現），和最不顯眼、任勞任怨至任命，原住民身分的隆恩（Einar Rönn），當然還有其他在故事中穿針引線的甘草人物角色。若是以交響樂團比喻這個辦案團隊，馬丁・貝克絕非站在高台上的指揮家，他更像是第一小提琴手，與其他樂手共同合奏出十首描述人性與黑暗的樂章。

荷瓦兒與法勒塑造的這種具有七情六慾、會為生活瑣事煩惱的凡人警探形象，在當年的推理小說世界實屬創新之舉，現代讀者或許早已習慣目前大眾影視或娛樂文化當中的警察形象，殊不知，這些角色的原型其實正脫胎自荷瓦兒與法勒在六〇年代創造出的這位寡言而平凡的北歐警探。

馬丁・貝克系列故事之所以廣受讀者喜愛，不僅在於這些故事背景就在日常當中，就在斯德哥爾摩實際存在的街路上、公園裡，與讀者生活的時空相疊合，而且讀者隨著角色之間的互動和對話，更是能逐漸清晰建構出這些人物的性格及形貌的具體想像，就像真實生活中認識的朋友。隨著每本劇情獨立、但又巧妙彼此牽繫的故事演進，讀者在這段時間軸中，也將見證到他們的個性變化和聚散離合，甚至，突如其來的死別。

長銷半世紀的犯罪推理經典

從一九六五年到一九七五年，荷瓦兒與法勒兩人在這短暫的十年間，以一年一本的速度，完成了馬丁・貝克刑事檔案全系列——《羅絲安娜》，《蒸發的男人》，《陽台上的男子》，《大笑的警察》，《失蹤的消防車》，《薩伏大飯店》，《壞胚子》，《上鎖的房間》，《弒警犯》，以及最終作《恐怖份子》。

故事背景的六〇、七〇年代還沒有網路，沒有手機，沒有ＤＮＡ鑑識技術，而且人人都在抽菸，隨時隨地；雖然這些細節設定如今看來略有懷舊時代感，但系列各作探討的問題卻是歷久彌新，沒有隔閡，你甚至會拍案驚嘆：「這些社會案件和問題現今依然存在，當前警察組織面對的各種犯罪和無力感也毫無不同。」

荷瓦兒及法勒在當年同為社會主義者，潛伏在這十個刑事探案故事底下的，是他們對於資本主義社會和龐大的國家機器的批判。他們看到了當時瑞典這個福利國美好表象底下的真實面貌。故事裡一樁樁的刑事案件，其實是他們對社會忽視底層弱勢的控訴，以及對投機政客的勾結貪枉，警界管理層的權力慾和顢頇導致基層員警處境艱困和社會犯罪問題惡化的喝斥。

然而，在荷瓦兒與法勒筆下的馬丁・貝克世界裡，在正義執法與心懷悲憫之間，人世沒有全然的善，也沒有絕對的惡。這些故事裡的行凶者往往也是犧牲者，只是形式不同。他們因為精神狀態、經濟能力、社會制度等種種原因，淪為遭到社會剝削、被大眾漠視的無助邊緣人，而他們的犯案動機有時甚至可能只是對體制和壓迫的無奈反撲。因此，馬丁・貝克和其警隊成員在辦案執法的同時，往往也流露出對於底層人物的悲憐，不論他／她是被害者抑或加害者，而每件刑案也是難以二分的灰色地帶。

短暫而光燦的組合，埋下北歐犯罪小說風靡全球風潮的種籽

一九七五年，法勒因胰臟問題病逝，他在先前已預感自己大限將至，於是將此生對於社會關懷的炙熱理念，盡數灌注在最終作《恐怖份子》當中，得年四十九。從一九六二年初識，第一本《羅絲安娜》在一九六五年出版，到最終作《恐怖份子》在一九七五年推出，這對獨特的創作搭檔在這十三年裡的無間合作，為後世留下了一系列堪稱經典的推理之作。

當年，這股馬丁・貝克熱潮一路從瑞典、芬蘭、挪威等北歐各國開始，繼而延燒至歐陸德國，而後進入美國等英語世界國家，不僅大量改編為電影、影集、廣播劇等形式，書中以社會寫實情節為本的創作風格，更是滋養了《龍紋身的女孩》史迪格・拉森（Stieg Larsson），賀寧・

曼凱爾（Henning Mankell），以及尤・奈思博（Jo Nesbo）等眾多後繼的北歐新一代犯罪小說創作者，為北歐犯罪小說在二十一世紀初橫掃全球、蔚為文化現象的風潮埋下種籽，預先鋪拓出了一條坦途。

同樣的，在亞洲，日本角川出版社從一九七五年起，也以英譯本進行日譯工作，推出馬丁・貝克探案全系列作品，並在二〇一三年陸續再由瑞典原文直譯各作，讓新一代的讀者得以更貼近這部傳奇推理經典的原貌。值得一提的是，常透過小說關注日本社會及時事問題的直木賞及日本推理大賞得主佐佐木讓，於二〇〇四年更是以《笑う警官》一書，向荷瓦兒與法勒筆下創造出來的這位北歐探長致敬，而這部作品也分別在二〇〇九及二〇一三年改編為同名電影及劇集，廣受稱道。

儘管這段合作關係已因法勒辭世而告終，但馬丁・貝克警探堅毅、寡言的形象，早已永遠存活在每個讀者的想像當中，以及藏身在每個後續致敬之作和影劇中的警探角色背後。一九七一年成立的瑞典犯罪作家學院（Svenska Deckarakademin），更是以這個書中角色為名，設立「馬丁・貝克獎」，每年表彰全世界以瑞典文創作，或是有瑞典文譯本的犯罪、推理類型傑出之作。

且讓我們開始走進斯德哥爾摩這座城市，加入馬丁・貝克探長和其組員的刑事檔案世界。

導讀

死了一個富商之後——關於《薩伏大飯店》

第一次接觸到馬丁・貝克刑事檔案系列是在二〇〇七年。十三年前的北京社會寬容度高，可以看見大量譯介的外國出版品，全球重要的思想家、文學家、冒險家、科學家、歷史學家、經濟學者、怪誕藝術家的作品呈現在社會大眾面前，眾聲喧嘩。

當時我對《馬丁・貝克刑事檔案》系列並不特別喜歡，直到自己嘗試寫偵探小說，我才對這一對嚮往共產社會的「革命夫妻」作者有了不同的看法。我走了好長一段路後，才體會到保持遠離奇技淫巧、單純寫好一個言之有物的故事有多麼不容易。無疑，從這點看去，麥伊・荷瓦兒與培爾・法勒是絕對優秀的拍檔。

孕育兩位小說家寫作的斯堪的納維亞有長長的冬季，以及雨水間歇的季節。冬天，大雪冰封，一切都埋在霜雪之下，森林和植被像是撒上了細細的糖霜，大地白茫茫一片真乾淨。然而它的玄機就在這看上去的「真乾淨」裡。瑞典一千萬人口分布在相當於台灣十二點五倍的土地上，人若不是在城裡，就是在市郊或曠野，躲在自己的小屋裡，人跟人之間的距離遠。尤其冬天來臨，天寒地凍，人們也沒那麼頻繁打交道，人心密度沒那麼高，也沒必要那麼緊密。

整個北歐社會的氣息大抵就是這樣閒適，沒什麼好急的，社會節奏不著急。

這對革命拍檔作者寫作之際，正逢世界反叛文化流行的年代。越戰、石油危機、毛主義者、格瓦拉、學運、搖滾樂、披頭四……世界兩極化，最潮的年輕人吸大麻，唱誦自己譜寫、高舉和平與性愛拯救世界的歌曲，駕著破車到第三世界旅行，他們相信將愛和音樂注入暴力體內，能夠消弭邪惡。戰後嬰兒潮一代的年輕人風華正茂，那時剛好遇上資本轉型，資金高度累積向全球溢出，建立起一套全球工業生產鏈條，於此同時，國內工業轉型，失業率上升，貧富懸殊。民主帝國主義不斷以壓榨第三世界獲取權力和資源。年輕人天真地相信，通行幾個世紀的皇權和資本就是邪惡。他們還沒意識到，無關任何主義，埋藏人心裡無止盡的貪婪才是邪惡的源頭，而邪惡的集成不在資本主義、也不在共產主義，而是在人心裡面，在所有官僚系統當中。

《馬丁・貝克刑事檔案》全系列作品就是在這樣的世代背景下寫就的。

這本《薩伏大飯店》微言大意也是如此。一個穿梭在全球邪惡鏈條中、不知滿足的骯髒商人，在馬爾摩市當時最豪華的飯店內突然遭人槍殺。馬丁・貝克・貝克是瑞典國家凶殺組的頭頭，平常在斯德哥爾摩市，一旦哪裡發生命案，他就受警政署命令，前往全國各地協助辦案。在他們的辦案過程中，我們不時看到官僚系統的顢頇和無效率。系統裡圈養了極其愚笨、混吃等死、剛愎自用的人，也有大隱隱於朝的聰明官僚，和有血有肉、無可奈何的基層警察。馬丁・貝克本身對政治的憎恨，也可看出一些端倪。作者拍檔可能只是天真的理想主義者。

二戰後，過去無所不能的神探消失了。隨著組織更扁平，權力更分散，教育更普及，平等概念深入人心，十九世紀末風行一時的神探此時大部分已轉型成了更平庸的普通人。荷瓦兒與法勒的筆下沒有超人，他們不相信世上有完人，在個人主義當紅的一九六〇年代，這對理想主義作者讓神探走下神壇並不稀奇，全球許多偵探小說家都這麼做，然而荷瓦兒與法勒創造出「警探團隊」的模式卻顯得早熟。但他們可不是共產黨創作的「偉光正」人民警察形象。十本作品，讀者一路讀來會見到瑞典警政官僚的浮世繪，就像水滸反映了大宋，馬丁・貝克的團隊也體現了人在現代社會機器裡的困境。

《薩伏大飯店》裡的死者帕姆葛倫，一位背景複雜的商人，並不是馬丁・貝克喜歡的人。馬丁・貝克甚至厭惡這種人。但他是警察，他唯一的任務就是破案。他從來沒有把「正義」掛在嘴上。他偶爾能站在死者立場，理解死者生前是什麼樣的人，感受曾經溫熱的呼吸。但對生命的價值、世上是否存在正義，他總是漠然。生活就是前進，前進，堅持不懈地前進而已。

他沒有做出什麼驚天動地的對抗，而是默默在體制內當一個有效的零件。像他這樣的平凡人，連婚姻束縛都難以掙脫，更別說追求什麼更高層次的東西。但馬丁・貝克並未消極面對工作，而是在體制內做到自己能做的最好狀態。

馬丁・貝克生活說來平庸，看上去就是普通的大叔，不像挪威尤・奈斯博筆下的哈利警探那麼頹廢、迷人。他比哈利清醒，也比井口清兵衛運氣來得好。馬丁・貝克喝酒都會注意不誤事，而且剛當警察，瑞典的動盪時代也就結束了，沒再遇上革命。

那他為什麼是「主角」？

每座森林都有頂級捕食者。馬丁・貝克就是。做為國家凶殺組的頭頭，偵辦刑事命案的全國第一把交椅，別看他平庸，也沒什麼幽默感，但在辦案中，眼明手快、最沉得住氣，一下就能抓到關鍵的人往往就是他。研判整體狀況，探求規律，找到異常，刺探可疑，揭破謊言，聯接犯案動機和手段，然後，如果幸運，就會順理成章地破案。他從不急躁，辦案四平八穩。

討厭飛行和坐地鐵，討厭人群。晚上回家後會躲避去做模型船，避開和太太的相處。在現代社會下，這位拘謹的警政高層，同樣是孤獨的男人，完全不用是硬漢派。

依照我接觸到的人群，偵探小說有兩大主流讀者，一是尋求邏輯思維刺激，一是尋求特定的文學趣味。前一種喜歡這類作品的「推理性」，不在乎文學質地。他們讀的是精心設計過的推理小說，探長的推理邏輯思維。後一種讀者懶得去管邏輯，他們在乎的是人物故事，對偵探小說裡的辦案冒險感到有趣，對書中人物居然和自己有一樣的境遇感到安慰。喜歡孤獨的人，讀到孤獨；生活不幸的人，讀到別人的不幸；憤世的人，在破案後快慰。這是一種情感的相映，存在感的慰藉。

馬丁·貝克的臉瘦長，前額寬大，下顎堅毅。鼻子短而挺，嘴很薄，嘴角相聚很遠，微笑時會露出牙齒。沒有白頭髮，髮往後梳，灰藍眼睛，透露出柔和，清澈、冷靜的眼神。這就是他的基本樣貌。而經常出現在團隊裡的警探們呢？

第一位是米蘭德，他面相陰鬱，有個高大、醜陋的老婆，私人嗜好是躲在鄉下劈材。米蘭德沒什麼幽默感，講話精簡而無趣。「沒有出色的點子，也沒有突發奇想。」他是斯德哥爾摩制暴組的偵查員，最與眾不同之處，就是具備全瑞典警界最可靠的記憶力，能記得在職三十年間聽過的所有名字、日期、事件和相關內容，很可能是少數能對帕姆葛倫這樁奇案提供建設性意見的人。

剛瓦德·拉森是刑事組副組長，資深警察，他說話有街頭式的油滑腔調，長得人高馬大，金髮碧眼。但其實拉森出身富貴人家，一身逆反心理，但內心黑白分明。這一集裡，他靠著自己的出身，去調查富豪家庭，果然有所斬獲。

柯柏是馬丁・貝克工作上關係最緊密的同事。他雖然胖，卻是除馬丁・貝克之外，頭腦最清晰、也最積極的警察。柯柏很會享受生活，是那種精力旺盛的少壯派精英，充滿馬丁・貝克逐漸失去的荷爾蒙。

我最喜歡的是經常出現、喜感十足的兩名巡警，克里斯森和卡凡特。他們在不同案件裡經常出包，是天兵型的警界魯蛇。他們經常躲著事，專找沒什麼人的地方巡邏。但正因為偏僻，歹徒往往都選這種路線逃亡，因而他們也往往會遇上不少事。

馬丁・貝克・貝克探案最有意思的正是這些人物栩栩如生的形象。讀完後，我有一種捨不得跟他們告別的心理。

至於這些探案究竟是否有兩位作者在政治上的訴求，老實說，我覺得不甚明顯。《薩伏大飯店》裡，富商遭人殺害，這個故事本該是最合適控訴資本主義的，但我認為作者含蓄地隱藏了企圖，維持了偵探小說最重要的探案趣味。

・譚端

托托，偵探書屋前探長，現居家寫小說。

019　薩伏大飯店

央車站
格斯堡區·華特佛克街
飯店
·警局
500公尺

馬爾摩城區圖

1.

日間的天氣燠熱鬱悶，沒有一點風，先前曾有一陣薄霧，但此時天高氣爽，雲色也從粉紅轉成灰藍。紅紅的一輪太陽，很快就要消失在文島後方。晚風開始拂動明鏡般的松德海峽，給馬爾摩帶來絲絲清爽的感覺。陣陣微風夾帶著腐朽的垃圾和海草的異味，這些東西被沖上里泊斯柏格海灘，也經由港口流進運河。

這個城市和瑞典其他地方截然不同，一大原因是因為它的地理位置。相較於與夜半太陽的距離，馬爾摩可能與羅馬更為接近，而且丹麥海岸的燈光，就在它的地平線上閃爍。即便此地並不少見積雪泥濘、多風的冬天，但漫長而溫暖的夏日更是常事，而且，處處可聞夜鶯歌聲，和從各個廣闊公園裡的茂密草木傳來的香氣。

這正是一九六九年七月初那個舒適夏夜的景象。而且，這靜謐的夜裡不見多少人跡。放眼所及，遊客數量不至於多到引人注目——此地向來如此。至於那些到處遊蕩，骯髒邋遢的大麻菸鬼，只見第一波抵達，之後不會更多了，因為這種人多半最遠不會走出哥本哈根的範圍。

甚至，連坐落在海港近旁火車站對面的那家大旅館也相當安靜。幾名外國商人正在櫃台旁討論訂房事宜。管衣帽寄存的服務生坐在衣帽間的一排排外套當中，專心地讀著一本經典小說。燈光昏暗的酒吧裡，只有幾個低聲交談的常客，和一名穿著雪白外套的酒保。

大廳右側那間寬闊的十八世紀餐廳，雖然氣氛比較活絡，但其實也沒有熱鬧多少。幾張有人入座的桌位多半是單人獨坐。鋼琴師正在休息。一名侍者站在通往廚房的兩扇推門前，雙手交握背後，若有所思地望著打開的大窗，或許正在遙想窗外不遠處的沙灘。

餐廳後方是一桌七人列席的晚宴，那群人穿著講究，神情莊重，有男有女，年齡不一。他們的桌上擺滿酒杯和佳餚，四周放著好幾個香檳冰桶。餐廳服務人員剛剛謹慎地退開，因為派對主人正要起身發表談話。

他是一個中上年紀的高大男人，穿著一身暗藍色的山東綢西裝，髮色鐵灰，膚色曬成極深的古銅色。他的言辭平穩而有技巧，聲調隨著微妙的幽默字句抑揚頓挫。其他六個人坐在桌邊靜靜看著他，其中只有一個人在抽菸。

從敞開的窗戶可以聽到過路的汽車聲，還有運河對面車站裡火車轉換軌道的聲響——那是北歐地區最大的火車調度場——偶爾還有一艘來自哥本哈根的船艇的粗啞船笛聲，以及某個女孩在運河畔某處不停的咯咯笑聲。

這就是七月那個溫暖的週三夜晚的情景，時間大約是晚上八點三十分。這裡用「大約」這個字眼是必要的，因為沒有人說得出事發當下的精確時間。但另一方面，要描述事發經過卻又相當容易。

一名男子從大門走進來，瞄了櫃台邊的外國商人和服務人員一眼。他越過衣帽間和酒吧外狹長的大廳，步伐和緩，平靜而堅決地走進餐廳。截至此刻，男子都沒有什麼引人注目之處。沒有人看他，他也沒有東張西望的舉動。

他經過哈蒙德電風琴、平台鋼琴，和排列著一盤盤美食的餐檯，繼續走過撐起天花板的兩根柱子。他以同樣堅決的姿態，直直走向角落的那場餐宴，派對主人此時正背對著他，站著講話。就在距離大約五步之遙時，男子的右手伸進外套口袋。席間一名女子抬眼看他，講話的主人也半轉頭，想知道是什麼讓她分了心。演講人朝趨近的男子快速而漠然地看了一眼，隨後又把頭轉向賓客，這些動作對他的談話沒有造成分毫干擾。就在這一瞬間，剛走進來的那名男子抽出一個底部有凹槽的長筒狀鐵藍色物件，仔細瞄準，對著演講者的頭部射出一槍。槍聲不大，聽起來更像是園遊會裡射擊攤上來福槍那種平和的噗嗤聲。

子彈正好擊中演講者左耳後方。他朝前倒向桌子，左臉陷進堆在法式烘魚旁的那圈馬鈴薯泥裡。

射擊者將凶器插進口袋後，旋即右轉，朝最近一扇打開的窗戶走了幾步，左腳踏上窗沿，縱身跳出低矮的窗子。他先是陷足窗外的花床，隨即躍上人行道，就此不見蹤影。

距離三扇窗戶之遙的那張桌位，有一名五十來歲的客人，正將一杯威士忌舉到嘴邊。他整個人霎時凍結，目瞪口呆，面前還攤著一本原先假裝在讀的書。

這個膚色黝黑、身著暗藍色山東綢西裝的男人還沒斷氣。

他動了一下，「啊！好痛。」

死人通常不會抱怨，再者，他看起來甚至沒有流血。

2.

裴爾·梅森正在他位於聯隊街上的單身套房裡和太太通電話。他是馬爾摩警局的警探，雖然已婚，一週卻有五天過著單身生活——這種狀態他們夫妻倆已維持了十年多。他和妻子固定會共度每個週末假期，兩人至今對這樣的生活安排都很滿意。

他把聽筒夾在左肩，右手則調著他偏愛的「吉本柏格」雞尾酒，就是把一小量杯的琴酒、碎冰和葡萄汁倒進一只大玻璃杯裡攪混就成了。

剛從電影院回家的妻子正在對他解說《亂世佳人》的劇情。

這相當耗費時間，但梅森耐心地聽著，因為他打算一等她講完，就要以工作為藉口，取消兩人本週末的例行約會。那是個謊言。

此時是晚上九點二十分。

梅森穿著網狀內衣和棋盤格紋短褲，雖然穿得不多，但還是汗流不止。他在開始講電話時關上了陽台門，這樣才不至於被街車的吵雜聲干擾。雖然太陽早已落到對街的建築屋頂後方，屋內還是非常熱。

他用叉子攪拌飲料。他羞於承認，那根叉子是他從一家叫「歐佛史丹」的餐廳裡偷來的，或者應該說，不小心帶回來的。梅森心裡想著，大家真的會常一不小心就把叉子帶回家嗎，但嘴上卻說著：「是，原來如此。然後是萊斯利・霍華*……不是嗎？是克拉克・蓋博？嗯哼……」

五分鐘後，她的故事終於結束。他把他的白色謊言述說一番，然後掛下電話。

電話鈴響。梅森沒有馬上接起電話，他已經下班了，他希望能繼續保持歇工狀態。他先緩緩喝光調酒，看看逐漸轉暗的夜色，而後才拿起話筒回答：「我是梅森。」

「我是尼爾森。你可真長舌，我已經撥了半個鐘頭要找你。」

尼爾森是一名副探長，當晚輪到他在位於大衛廳廣場的中央警局值班。梅森嘆了一口氣。

「是嗎？有什麼事？」

「有人在薩伏大飯店的餐廳裡中槍。恐怕得請你去一趟。」

玻璃杯空了，但依然冰涼。梅森拿起杯子，用手掌把杯子抵在額頭上滾動。

「人死了嗎？」他問。

「不知道。」尼爾森說。

「你不能叫史卡基去嗎？」

「他下班了，我找不到人。我會繼續找。貝克隆目前在現場，不過，你可能也得……」

梅森一愣，放下了玻璃杯。

「貝克隆？好，我馬上過去。」他說。

他立刻撥給計程車行，接著把話筒擱在桌上。他邊穿衣服，邊聽著話筒裡粗啞、機械式地反覆說著「計程車中心，請稍等」，最後終於有接線生來接聽。

他看到幾輛警車謹慎地停在薩伏大飯店外，還有兩名巡警堵在入口，阻擋在階梯下越聚越多的好奇圍觀群眾。

梅森在付車資的同時也看著周圍，他把收據放進口袋，注意到有一名巡警的態度相當粗魯。他心想，不必多久，馬爾摩的警察就會和斯德哥爾摩的警察一樣惡名昭彰了。

然而，他沒講什麼，走進大廳、經過巡警面前時，也只是跟他們點點頭。此時裡面已經一片鬧哄哄，旅館所有員工全聚集在一處，七嘴八舌地彼此交頭接耳，或和從餐廳裡出來的客人討論不休。這場景再加上幾名警察，湊成了一幅完整的畫面。大家似乎不知所措，那模樣顯示出他們對當下情況的茫然。顯然沒有人告訴他們要怎麼做，或該期待什麼。

＊ 萊斯利・霍華(Leslie Howard, 1893-1943)，英國演員，在《亂世佳人》中飾演衛希理・威爾克斯。

梅森是個五十來歲的漢子。他隨便地穿著一件聚酯纖維長褲和涼鞋，襯衫還拉在褲頭外。他從胸前口袋拿出一根牙籤，扯掉包裝紙，將牙籤塞進口中，邊嚼著牙籤，邊將周遭很有條理地觀察一番。這牙籤是美國貨，薄荷口味，是他在馬爾摩赫斯號渡輪上拿的，那艘渡輪會供應這種東西給船客使用。

站在通往大宴廳門旁的，是巡警耶羅夫森。梅森認為他比其他人來得聰明些。

他走向前問：「怎麼回事？」

「看來好像有人遭到槍殺。」

「你有得到任何指示嗎？」

「完全沒有。」

「貝克隆在做什麼？」

「詢問證人。」

「遭到槍殺的那個人在哪裡？」

「我想應該在醫院。」

耶羅夫森的臉微微脹紅。他說：「很顯然，救護車比警察早到。」

梅森嘆了一口氣，走進餐廳。

貝克隆正站在擺滿閃亮銀質餐盤的桌子旁詢問一名侍者。貝克隆的年紀頗大，戴著眼鏡，長相普通。不知怎的，他竟然也有辦法爬到副探長的位置。他手裡握著一本打開的備忘錄，正忙著做筆記。梅森在聽得到對話的距離內停下腳步，沒說什麼。

「什麼時候發生的？」

「嗯，大約八點三十分。」

「大約？」

「呃，我不知道確切時間。」

「換句話說，你不知道發生的時間。」

「對，我不知道。」

「真奇怪。」貝克隆說。

「什麼？」

「我說真奇怪。你戴著錶，不是嗎？」

「是啊。」

「而且那邊牆上有一座鐘，如果我沒看錯的話。」

「是的，可是……」

錄，開始寫起來。

「可是什麼？」

「兩個時間都不準。總之，我當下沒想到要看時鐘。」

貝克隆對這個回應似乎很不高興，他放下紙筆，動手擦起眼鏡，深吸一口氣後又抓起備忘

「即便你有兩個鐘可看，但你卻不知道事發時間。」

「呃，可以這麼說。」

「『可以這麼說』，這種答案對我們毫無用處。」

「可是兩個鐘的時間不一致啊。我的比較快，那邊那座鐘比較慢。」

貝克隆看看他的錶。「奇怪了。」他邊寫下一些東西。

梅森不懂那有什麼好奇怪的。

「所以，兇手走過去當時，你正好站在這裡？」

「對。」

「你能不能盡可能完整描述一下？」

「我看得不是很清楚。」

「你沒看到那個開槍者嗎？」貝克隆感到訝異。

「呃，有看到，在他爬出窗戶的時候。」

「他長什麼樣子？」

「我不知道。距離滿遠的，而且那張桌子被柱子擋住了。」

「你的意思是，你不知道他長什麼樣子？」

「不是很清楚。」

「那麼，他的穿著是什麼樣子？」

「我認為他穿著一件咖啡色的運動外套吧。」

「你認為？」

「是啊，我也才看到一秒而已。」

「他還穿了什麼？比如說褲子呢？」

「當然，他當然有穿褲子。」

「你確定？」

「呃，否則會有點……就像你說的，奇怪。我是說，要是他沒穿褲子的話。」

貝克隆拚命寫。梅森開始嚼起牙籤另一端，輕聲說：「喂，貝克隆？」

對方轉過頭來，瞪著他。

「我正在問重要證人問到一半……」

他突然住口，不太高興地說：「哦，原來是你啊。」

「發生什麼事？」

「有個人在這裡遭人槍殺，」貝克隆口氣急切地說，「你知道那人是誰嗎？」

「不知道。」

「維克多・帕姆葛倫，那個大公司的總裁。」貝克隆在這頭銜上特別加重語氣。

「噢，是他呀。」梅森心想這下可麻煩了。他大聲說：「所以，事情是發生在一個鐘頭前，而兇手從窗戶爬出去，逃走了。」

「看來可能是這樣。」

貝克隆從來不把任何事情視為理所當然。

「外面為什麼停了六輛警車？」

「我叫他們把這個區域封鎖起來。」

「這整個路段？」

「這是犯罪現場。」貝克隆說。

「叫所有穿制服的都離開。」梅森鬱鬱地說，「這麼多警察在大廳和街上晃來晃去，對旅館而言不太好。再說，一定有其他地方更需要警察。這點先處理，然後再想辦法找出對嫌犯的描述。一定有比這個傢伙更好的證人。」

「我們當然每個人都會去問。」貝克隆說。

「在適當時間內處理，」梅森說，「但那些沒有重要證詞可說的就不要拘留，只要登記姓名和地址就可以。」

貝克隆一臉狐疑地看著他：「你打算做什麼？」

「打幾個電話。」梅森說。

「打給誰？」

「報社，探查到底發生了什麼事。」

「你在說笑嗎？」貝克隆冷冷地說。

「是啊。」梅森漫不經心地回答，張望一下四周。

餐廳裡有好幾個記者和攝影師走來走去。他們一定有人比警察更早抵達，而且在那一槍射出時，說不定還有一兩個恰巧就在餐廳或酒吧裡。有可能，要是梅森的假設無誤的話。

「可是手冊上規定……」貝克隆正要開口。

就在此時，班尼．史卡基匆匆走進餐廳。他才三十歲就已經當上了副探長。他先前任職於斯德哥爾摩的警政署凶殺組，但因為一項頗為愚蠢的冒險行動，差點害上司喪命，事發之後便自動請調來到馬爾摩。他工作熱心，誠懇正直，而且有點天真，梅森相當喜歡他。

「史卡基可以幫你忙。」他說。

「那個斯德哥爾摩來的啊。」貝克隆疑慮地說。

「沒錯。」梅森說，「別忘了查出對兇手樣貌的描述，現在這是最重要的。」

他把嚼爛的牙籤丟進一只菸灰缸裡，走向大廳，往櫃台對面那支電話走去。

梅森很快地連續打了五通電話。然後，他搖搖頭，走向酒吧。

「啊，瞧瞧是誰大駕光臨！」酒保說。

「怎麼樣？」梅森坐了下來。

「今天可以給您來點什麼，老樣子嗎？」

「不了，葡萄汁就好，我還得想事情呢。」

梅森心想，有時，事情就是會搞得一團亂。這個案子，真是一開始就沒有好兆頭。首先，維克多·帕姆葛倫是個重要的名人。要講他為什麼重要，確實很難，但千真萬確的是——他非常有錢，至少是個百萬富翁。而他是在歐洲一間知名餐廳內遭人槍殺，這點更是火上加油。這案子將會廣受矚目，甚至產生深遠的後果。旅館人員在槍殺案發生後，立刻將傷患抬到電視間，並且做了一個臨時擔架。他們同時通知了警察和救護車，救護車很快就抵達現場，將傷患送往醫院。這之間有好一段時間都不見警察到場，雖說火車站那兒就停著一輛巡邏警車——換言之，也就是距離刑案現場不到二百碼的距離。怎麼會這樣？現在他已經知道前因後果，但這整個過程對警方相當不利。一開始，警方誤判了那通報案電話，以為不太要緊，因此將車停在火車站的那兩名巡警，便把時間花在拘捕一名無關緊要的醉漢身上。一直等到警方得到第二次通報，他們才派警車和警員前往旅館，並由貝克隆大無畏地領軍調查。從那時開始，警方這一路下來的調查工作似乎完全散漫無章。梅森自己花了超過四十分鐘和他太太坐談《亂世佳人》的情節，而且還喝了兩杯酒，等計程車來接他。等到第一名警察抵達現場，已是槍殺案發生半個小時之後。至於維克多·帕姆葛倫的傷勢狀況則是同樣不明。他先是在馬爾摩市立急診中心接受檢查，而後又轉送到大約十五哩外的倫德市，交給當地的神經外科醫生，而此刻救護車仍在路上。最重要的證人之一，帕姆葛倫的妻子，同樣在救護車上。案發之際，她可能就坐在受害者對面，也許是將兇手長相看得最清楚的人。

時間已過了一個小時。這浪費掉的一個鐘頭，每一秒都十分珍貴。

梅森再次搖搖頭，看著酒吧上面的那座鐘。九點三十分。

貝克隆大步走進酒吧，史卡基緊跟在後。

「你就乾坐在這裡？」貝克隆一副頗為驚訝的表情。

他瞇著眼睛看著梅森。

「有沒有得到什麼資料？」梅森說，「我們得採取下一個步驟。」

貝克隆翻翻弄弄他的備忘錄，將之放在吧台上。他摘下眼鏡，開始擦起鏡片。

「嗯，」史卡基很快地說，「這是我們目前所能得到最好的結論：此人中等身高，面容削瘦，稀薄的暗棕色頭髮往後梳。棕色運動外套，淺色襯衫，深灰色長褲，黑色或棕色鞋，大約四十歲。」

「很好。」梅森說。「立刻發公告，封鎖所有主要街道，檢查火車、飛機和船艇。」

「好。」史卡基說。

「我要讓他走不出這個城市。」梅森說。

史卡基走出去。

貝克隆戴上眼鏡瞪著梅森，覆述了他原先的問句：「你就乾坐在這裡？」他接著看看玻璃杯，用更驚訝的口氣說：「還喝酒？」

梅森沒有答話。

貝克隆將注意力移往吧台上的時鐘，比對自己的手錶：「那個鐘的時間錯了。」

「那當然，」酒保說，「比較快。那是特地為趕搭火車或船班的客人貼心設想的一點小小服務。」

「嗯，」貝克隆說，「我永遠搞不懂，如果時鐘不能信任，那該怎麼決定正確時間？」

「不容易喲。」梅森漫不經心地說。

史卡基回來了。

「好了，辦好了。」他說。

「可能太遲了。」梅森說。

「你到底在講什麼？」貝克隆抓起他的備忘錄。「關於這名侍者……」

梅森做出手勢阻擋他講下去，說道：「等等，那個我們之後再說。班尼，去打給倫德市的警察，叫他們派人到神經外科醫生那裡。他們派的人要帶錄音機，才能錄下帕姆葛倫講的話──如果他恢復神智的話。也得詢問帕姆葛倫太太。」

史卡基又出去了。

「你提到的這個侍者啊，我說，就算吸血鬼卓古拉伯爵本尊從餐廳裡橫飛過去，他也完全不會注意到。」酒保說。

貝克隆一臉不快，沉默不語。梅森等到史卡基回來才又開口。由於就正式職等來說，貝克隆是史卡基的上司，因此梅森謹慎地同時對兩人提出問題。

「你們倆認為，誰是最佳證人？」

「一個叫埃德瓦森的傢伙。」史卡基說，「他的座位和案發現場只隔三張桌子的距離，可是……」

「可是什麼？」

「他不是很清醒。」

「酒精害人哪。」貝克隆說。

「好，我們等明天再問他。」梅森說，「誰可以讓我搭個便車到總局？」

「我可以。」史卡基說。

「我留在這兒。」貝克隆頑固地說，「就職權上來說，這是我的案子。」

「當然。」梅森說。「待會兒見。」

在車子裡，他喃喃自語：「火車，船……」

「你認為他已經出城了嗎？」史卡基猶豫地問。

「有可能已經跑了。總之，無論如何，我們都有一大堆電話得打。這下子也顧不得吵醒人了。」

史卡基斜眼瞄瞄梅森，後者又拿出一根牙籤。車子彎進警察總局的中庭。

「飛機場。」梅森自言自語，「今晚恐怕不好過了。」

警局在這個時刻似乎顯得格外巨大、陰森，而且十分空蕩。這是一棟會令人印象深刻的建築，他們踏在寬石階上的腳步發出寂寥的回聲。

就如同他高大的體型，梅森天生就是個慢郎中。他討厭難熬的夜班，再說，他也已屆就快退休的年齡了。

史卡基正好相反，他比梅森年輕二十歲，經常在為自己的事業發展做打算，而且行動積極又有野心。但先前的那個經驗使得他變得處事小心翼翼，很認命地執行份內的事。

所以，這兩人正好可以截長補短。

梅森進到辦公室後立刻打開窗戶。窗戶直直對著警局外面鋪著柏油的中庭。他整個人陷進椅子裡，一語不發地坐了好幾分鐘，若有所思地捲著他的安德伍牌打字機滾筒。

最後，他開口說：

「叫他們把所有無線電和電話進來的消息都傳到這邊。用你的電話接聽登記。」

史卡基在走廊另一邊有一間辦公室，就在梅森房間的對面。

「把你的門開著。」梅森說。隔了幾秒，他略帶譏嘲地補上一句，「這樣我們就有一個正式的調查中心了。」

史卡基回到他的辦公室後開始打電話。梅森不久之後也跟了過來，他嘴裡咬著牙籤，肩膀靠著門站著。

「班尼，你對這案子有什麼看法？」

「我還沒想太多，」史卡基謹慎地回答。「總之，好像很出人意料。」

「出人意料是個正確的字眼。」梅森說。

「我想不通的是行凶動機。」

「我想，除非我們已掌握到正確線索，否則現在還不是談什麼鬼動機的時候。」

電話鈴聲響起。史卡基接聽，做著筆記。

「射殺帕姆葛倫的人，事後逃出旅館餐廳的機會只有千分之一。直到開槍的那一刻為止，他的行動完全像個偏執狂。」

「就像個刺客那樣？」

「沒錯。事後呢？又發生什麼事？他奇蹟似地脫逃，然後不再是個偏執狂，反而變得恐慌。」

「那就是為什麼你認為他會試圖逃出本市？」

「有部分是這樣。他走進去，開槍，不在乎隨後會發生什麼事。可是之後呢，他就像大部分罪犯一樣，開始慌張、嚇壞了，一心只想趕快逃離現場，而且逃得越遠越快越好。」

那只是理論，史卡基心想，而且似乎是個基礎相當薄弱的理論。

但是他沒說什麼。

「當然，這只是理論。」梅森說，「一個好警探不能只依靠理論。但就眼前來說，我看不出我們還有什麼方向可以著手調查。」

電話又響起。

工作，梅森心想，這算哪門子的鬼工作！

再說，今天原本是他的休假日！

這一晚果然不好過，主要是因為調查沒有進展。有幾個符合嫌犯描述的人在出城的高速公路和火車站被攔下，結果當中無人和本案有任何關聯，但他們的姓名都已登記備案了。

午夜十二點四十分，最後一班火車駛離車站。

一點四十五分，倫德市警方傳來消息，說帕姆葛倫還活著。

三點鐘，同一個來源又傳來消息：帕姆葛倫太太仍在震驚當中，很難與她完整進行詢問。但她確實清楚地看到兇手，她很確定不認識該名男子。

「好像還滿高明的嘛，倫德市那個傢伙。」梅森打了個哈欠。四點鐘過後沒多久，倫德市的警察又傳來消息。負責醫治帕姆葛倫的醫師群決定暫時不動手術。子彈射穿了他的左耳後方，目前還無法確定會造成什麼傷害。據稱，目前患者的情況相當好。

梅森的情況可就不怎麼好了。他很疲倦，喉嚨又異常地乾，不斷去洗手間裝水。

「腦袋裡卡著一顆子彈還活得了嗎？」史卡基問。

「可能啊，」梅森說，「這種事以前發生過。有時子彈會被組織包住，那就有可能復原。如果醫生試圖動手術取出子彈，他反而可能喪生。」

貝克隆顯然在薩伏大飯店待了很久，因為他在四點三十分時打進來說，為了因應鑑識小組對犯罪現場的調查，他已經封鎖一個特定區域，鑑識小組最快也要好幾個鐘頭後才會抵達。

「他想知道我們這邊是不是需要他。」史卡基用手摀著聽筒說。

「唯一可能需要他的地方是他家，叫他回家去陪他太太睡覺。」梅森說。

史卡基轉達了這個訊息，但多少修飾了一下用字遣辭。沒多久後，史卡基說：「我想我們可以排除布拓夫塔機場，那裡最後的航班在十一點五分就起飛了，機上無人符合描述。下一班飛機是早上六點三十分，那個航班的所有座位前天就已被預訂一空，候補名單上空無一人。」

梅森就這個問題琢磨了一會兒。「哼嗯，」最後他說，「我想我得打電話找個人。被人從被窩裡挖起來，他一定會很不爽。」

「誰？局長嗎？」

「不是，他大概睡得也沒比我們多。對了，你昨晚去哪裡？」

「看電影。」史卡基說，「總不能每天晚上都待在家裡讀書。」

「我從來不待在家裡讀書。」梅森說，「昨晚九點鐘有一班飛艇從馬爾摩開往哥本哈根，去查查是哪艘。」

沒想到這是一件困難的差事。史卡基半個鐘頭後才有辦法回報。「那艘船叫做『司普林格倫號』，目前正在哥本哈根。很難相信，竟然有人被電話從床上挖起來之後，會氣到這種程度。」

「現在你應該覺得安慰了吧？因為我要做的這件公差可比你的還慘。」梅森說。

他走進他的辦公室，拿起話筒，撥了〇〇九四五到丹麥，然後再撥丹麥調查局警察司長默根生的家中電話。他默數電話鈴聲響了七次，才有一個沉重的聲音回答：

「默根生。」

「我是馬爾摩市的裴爾．梅森。」

「見鬼啦，你要幹什麼？」默根生說，「你知不知道現在幾點？」

「我知道，」梅森說，「但這件事很重要。」

「最好是很他媽的重要。」那丹麥人要脅道。

「昨晚馬爾摩這裡發生一件謀殺未遂案，」梅森說，「兇手可能逃往哥本哈根了。我們有對他的描述。」

梅森接著把來龍去脈述說一番。默根生挖苦地回道，「看在老天份上，你以為我會變魔術不成？」

「不無可能喔。」梅森說，「要是發現了什麼，通知我們一聲。」

「去死吧。」默根生用清晰得驚人的聲音說道，接著大力掛斷電話。

梅森甩甩頭，打了個哈欠。

什麼消息也沒有。

稍後貝克隆來了電話，說調查小組已經開始在現場調查。此時是早上八點鐘。

「媽的，他還真是幹勁十足。」梅森說。

「我們再來要怎麼做？」史卡基問。

「什麼都不用做，等著就好。」

八點四十分，梅森的專線電話響起。他拿起話筒聽了一兩分鐘，然後既沒道謝也沒說別的，就掛斷了電話。他對史卡基大嚷：

「打到斯德哥爾摩，馬上。」

「要說什麼？」

梅森看看時鐘。

「剛才是默根生打來的。他說有個自稱班格特．史丹森的瑞典人，昨晚在卡斯特洛機場買了一張飛往斯德哥爾摩的機票，等候補機位等了好幾個鐘頭。最後他搭上一架斯堪的那維亞航空的班機，在早上八點二十五分起飛。飛機最晚應該在十分鐘前降落在阿蘭達機場。那傢伙有可能符合描述。我要扣留所有從機場開往市內的巴士，把人拘捕下來。」

史卡基衝向電話。

「好了，」半分鐘後，他上氣不接下氣地說，「斯德哥爾摩那邊會處理這件事。」

「你跟誰講？」

「剛瓦德．拉森。」

「哦，他呀。」

他們等著。

半個鐘頭後，史卡基的電話響起。他把話筒一把扯過來貼上耳朵。聽完之後，他呆坐在那裡，手裡還握著話筒。「他們搞砸了。」他說。

「哦。」梅森僅僅這樣應了一聲。

他心想，可是他們有足足二十分鐘的時間啊。

3.

在斯德哥爾摩國王島街的警局裡，有人也用了一個相似的句子。

「唉，他們搞砸了。」埃拿．隆恩流著汗的紅臉探進剛瓦德．拉森辦公室的房門縫隙。

「哪一件？」剛瓦德．拉森漫不經心地說。

他在想的是完全不同的案件，確切地說，是昨晚那三件不尋常的地鐵暴力搶案，還有兩起強暴案和十六起鬥毆事件。這裡是斯德哥爾摩，一個很不一樣的地方。儘管昨晚沒有謀殺案，也沒有任何意外殺人事件——感謝老天——但到底發生多少起闖空門和偷竊案，他並不清楚。或許也有遭警察逮捕的吸毒、性騷擾、走私和酗酒的案子；甚至，無辜民眾遭到誤捕，被帶上巡邏車或警局的事情，也可能多不勝數吧。總之，拉森的作風向來是自掃門前雪。

剛瓦德．拉森是刑事組副組長。他身高六呎三，壯得像頭牛，金髮藍眼。就一名警察而言，他的外表顯得非常驕氣虛榮。就拿今天早上來說吧，他穿了一套淺灰色的輕質西裝，還搭配相襯的領帶和鞋襪。他個性古怪，沒什麼人喜歡他。

「你知道啊，開往綠地航空站的那輛巴士。」隆恩說。

「呃，怎樣？他們搞砸了嗎？」

「應該去搜查乘客的巡警到得太慢。等到他們抵達時，乘客早就下車走光，巴士也開走了。」

思路此時才終於轉到眼前這個問題的剛瓦德・拉森，一雙藍眼瞪著隆恩說：「什麼？怎麼可能？」

「很不幸，但就是發生了，」隆恩說，「他們沒有及時趕到。」

「你瘋了不成？」

「這件事不是我負責的，」隆恩說，「不是我。」

沉靜的隆恩一向好脾氣，他是來自瑞典北部的阿耶普洛人，雖然在斯德哥爾摩已經住了很久，有時仍習慣使用家鄉的方言。

先前剛好接到史卡基來電的人是剛瓦德・拉森，他認為查扣那輛巴士應該是一件簡單的例行工作。這下子他氣得破口大罵：「真他媽的，我分明馬上就打去蘇納。那邊值勤的說，卡洛林斯路上剛好有輛巡邏車，從那裡開去機場頂多三分鐘，他們至少有二十分鐘的餘裕時間。這到底是怎麼回事？」

「巡邏車上那兩個傢伙好像半路被耽擱了。」

「被耽擱？」

「是，他們得簽發一張警告單。等他們抵達，巴士已經離開了。」

「警告單？」

隆恩戴上眼鏡，看看手裡的那張紙條。

「對。那輛巴士的名字是『畢塔』，通常是從布洛瑪開過來。」

「畢塔？是哪個混帳開始給巴士取名字的？」

「呃，那不是我的錯。」隆恩一本正經地說。

「巡邏車裡那兩個天才是不是也有名字？」

「很有可能。但我不知道他們叫什麼。」

「去查出來！老天爺，如果連巴士都有名字，巡邏警察應該也有。當然說實在的，他們應該只要有編號就行了。」

「或者外號。」

「外號？」

「你知道，就像幼稚園的小孩子那樣，像是叫船哪，車哪，鳥哪，香菇哪，蟲哪，還是狗。」

「我沒上過幼稚園。」剛瓦德・拉森氣鼓鼓地說。「現在就去查出來！如果沒有一個合理的解釋，馬爾摩那個叫梅森的一定會笑死我們。」

隆恩走了。

「蟲哪，還是狗，」剛瓦德・拉森喃喃自語，而後又補上一句，「大家都瘋了嗎？」

接著，他的思緒又回到那些地鐵搶劫案，還邊用拆信刀剔牙縫。

十分鐘後，隆恩回來了，眼鏡架在紅通通的鼻子上，紙條握在手中。

「我查到了，」他說，「是蘇納警局三號車。巡警是克勒・克里斯森和寇德・卡凡特。」

剛瓦德・拉森突然挺身向前，差點就用拆信刀了結自己的性命。

「他媽的，我早該猜到。這兩個白痴簡直陰魂不散，他們也是從斯堪尼省來的。叫他們火速過來報到，我們得把這件事弄個水落石出。」

克里斯森和卡凡特可有得解釋了。他們的故事既複雜又難以說明，而且他們怕剛瓦德・拉森怕得要死，於是想盡辦法拖延前來國王島街警局報到的時間，這一拖就拖了將近兩個鐘頭。此舉委實是個錯誤，因為剛瓦德・拉森在此同時已經自行做了一些調查。

總之，他們終於站在剛瓦德・拉森面前了。兩人一身制服穿著妥當，警帽拿在手中。他們的身高都是六呎一，同樣金髮闊肩，而且都以呆滯的藍眼木然地看著剛瓦德．拉森。他們倆納悶，剛瓦德．拉森為什麼就是要打破警察之間不言自明的黃金守則，那就是，不該批評其他同僚的行為，也不該讓他們互相指證。

「早安啊，」剛瓦德．拉森態度和善地說，「很高興兩位大駕光臨。」

「早安。」克里斯森遲疑地說。

「哈囉。」卡凡特相當不知分寸地說。

剛瓦德．拉森瞪了他一眼，嘆了口氣，說：

「負責去追查綠地航空站那班巴士的就是你們倆，對嗎？」

「是。」克里斯森說。他想了想，又加上一句，「可是我們遲到了。」

「我們沒有及時趕到。」卡凡特再補上一句。

「我知道。」剛瓦德．拉森說，「我也曉得，你們收到通知時，正好停在卡洛林斯路上。從那裡開到機場大約只要兩分鐘，頂多三分鐘。你們開的是什麼車？」

「普里茅資。」克里斯森侷促不安地說。

「河鱸一小時都可以游一哩半，」剛瓦德．拉森說，「那還是速度最慢的魚呢。可是，連河鱸都能在比你們還快的時間內游完那段距離。」他稍停一下，隨後放聲大吼：「那你們他媽的為何無法及時趕到？」

「我們在半路上不得不停下來警告某個人。」卡凡特尷尬地說。

「恐怕連河鱸都想得出比這個高明的解釋。」剛瓦德・拉森一副認為他們無可救藥的態度。

「好吧，警告什麼事？」

「有人……有人侮辱我們。」克里斯森有氣無力地說。

「觸犯了污蔑警官的法條。」卡凡特斷然強調。

「怎麼發生的？」

「有個人騎腳踏車經過，朝著我們喊髒話。」

卡凡特仍然一頭熱地解釋，克里斯森雖然沒講什麼，臉色卻越來越蒼白。

「所以你們才無法執行剛剛接獲的命令？」

卡凡特胸有成竹地回答：

「警政署長在一份官方聲明中曾說，任何人要是污蔑警官，尤其是穿著制服的警官，都必須予以告發。警察不能被人視為笑柄。」

「是這樣嗎？」剛瓦德・拉森說。

兩個巡警不解地盯著他看。

他聳聳肩，繼續說：

「我同意，你提到的那位長官素以熱愛發表官方聲明著稱，可是，看在老天份上，我看連他都講不出這麼愚蠢的話。好吧，那個人罵了什麼髒話？」

「『豬』！」卡凡特說。

「而你們認為這不是你們應得的稱號？」

「當然。」卡凡特說。

剛瓦德．拉森狐疑地看著克里斯森，後者不安地把身體的重量從這一腳移到另一腳，喃喃地說：「對，我想我同意。」

「就是說嘛，」卡凡特說，「要是席芙知道了也會說……」

「什麼席芙？」剛瓦德．拉森說，「那也是一輛巴士嗎？」

「是我太太。」卡凡特說。

剛瓦德．拉森鬆開交握的手指，巨大多毛的兩隻手掌心朝下平放桌上。

「所以，事情是這樣，」他說，「你們的車停在卡洛林斯路上，在接獲一通警報後，有個人騎腳踏車經過，對你們喊了聲『豬！』，而你們認為有義務去警告他。這就是你們無法及時趕到機場的原因？」

「正是如此。」卡凡特說。

「是……是的。」克里斯森說。

剛瓦德・拉森凝視他們良久。最後，他用低沉的聲音說：「真的嗎？」

沒有人回答。卡凡特開始憂慮起來，克里斯森緊張得一手撫弄槍套，另一手則拿警帽去擦額頭上的汗珠。

剛瓦德・拉森久久閉口不語，讓沉寂漸次加深。突然，他舉起雙臂，用力將雙掌啪地一聲打在桌上，整個房間為之一震。

「說謊！」他大喊，「每個字都是謊話，而且你們自己心知肚明。你們停在一家速食店，你們有個人站在車外吃熱狗。就像你們說的，有個人騎腳踏車經過，朝你們喊了一句話，但喊話的不是腳踏車騎士，而是他的兒子。這小孩坐在腳踏車後面的娃娃椅上。而且他不是喊『豬！』，而是說，『爹地，一隻小豬……』。他才三歲，他不過是在玩自己的腳趾頭！*我的老天。」

剛瓦德・拉森乍然住口。

克里斯森和卡凡特的臉此時都已經紅得如同甜菜根。最後，克里斯森用蚊子般細微的聲音吃力地問：

「你怎麼知道？」

剛瓦德．拉森銳利的目光輪流盯著他們倆。

「好吧，吃熱狗的是誰？」他問。

「不是我。」克里斯森說。

「你這賤人。」卡凡特從嘴角小聲罵了一句。

「好，讓我為您倆回答這個問題。」剛瓦德．拉森疲憊地說。「騎腳踏車的那個人當然不甘心自己三歲大的孩子只不過剛好說了一句話，就平白無故被兩個穿制服的白癡痛罵十五分鐘，所以他打來這裡抱怨。他當然有權這麼做，尤其現場還有目擊證人。」

克里斯森悶悶不樂地點點頭。

卡凡特還想狡辯：「嘴巴裡都是食物的時候，耳朵當然很容易聽錯……」

剛瓦德．拉森舉起右手，示意他閉嘴。他把他的備忘錄抓過來，從衣服口袋裡抽出鉛筆，用大寫字母在紙上大大寫下：「去死吧！」三個字。他撕下紙張，把它推向桌子對面。克里斯森拿起紙條看了看，臉更紅了，他接著把紙遞給卡凡特。

「我已經沒耐性再說一次。」剛瓦德．拉森說。

＊ 西方小孩子常玩一種繞口令遊戲，頭一句話是：「一隻小豬上市場……」，邊唸要邊扳腳趾。

克里斯森和卡凡特拿著紙條走了。

4.

馬丁．貝克對這件事完全不知情。

他在瓦斯貝加的南區警局辦公室裡，正在為一個截然不同的問題傷腦筋。他把椅子往後推，兩腿伸直，雙腳擱在拉出一半的底層抽屜上。他兩手深深插在長褲口袋，叼著一根剛點燃的佛羅里達牌香菸，菸上裝有濾嘴。他瞇著眼看向窗外，正在思考。

既然身為警政署凶殺組的長官，所以他大概是在思考南邊那件已經過了一週都還沒破案的斧頭殺人案，或是昨天在里達夫荻登河打撈到的那具無名女屍。

然而，實情並非如此。

他是在考慮該為當晚的一場派對買些什麼。

五月底時，馬丁．貝克在柯普曼街上找到一間兩房的公寓，就搬離了家中。他和英雅結婚已十八年，但兩人不合已經很久了。自從女兒英格麗在一月搬去和朋友合住後，他就開始和妻子討論分居事宜。起初她還抗議，但等到馬丁．貝克簽下租約，大勢已定時，她也就接受了。馬丁．

貝克心想，英雅向來對十四歲的兒子洛夫比較偏心，或許這樣她反而高興，因為她從此便能和兒子獨處。

新居的房子很舒適，空間也夠大。他從巴卡莫森那個沉悶郊區的家中搬了幾樣東西過來。安置妥當後，他又買了幾樣必需品。然後，他突然心血來潮，魯莽地邀了三個最親近的好友來家裡吃晚飯。想想看，他的烹飪技術充其量也不過是做個白煮蛋和泡茶，所以說那是個魯莽的主意並不為過。現在，他發現自己真是太過衝動。他試著回想以前家中有客人來訪時，英雅都會準備些什麼，但再怎麼努力，也只能模糊想到一些大菜的影像，而那些菜色的煮法和用料，對他而言根本全然陌生。

馬丁・貝克又點了一根菸，他搞混了龍蝦比目魚排和蘆筍蟹肉菲力，想到頭都昏了，至於其他更複雜的普羅旺斯風牛排就更不用提。更糟糕的是，在未經周詳計劃就提出邀請時，其實還有一個細節沒顧及——他從沒見過有誰的胃口比即將大駕光臨的這三名客人還更如狼似虎。

和他工作關係最親近的萊納・柯柏是個美食家，也是大饕客；大家每回在午餐室都可以見證；此外，從柯柏的體格也看得出他對桌上佳餚的強烈興趣——甚至在約莫一年前肚子挨了一刀、留下醜陋的刀疤之後，還是改不了嘴饞的習性。葛恩・柯柏沒有她丈夫那種體格，但胃口也是不讓鬚眉。烏莎・托瑞爾從警察學校畢業之後，就被安插在風化小組，現在也是他的同事，她也是如假包換的大饕客。

他清楚記得，一年半前，當她男友——也是馬丁．貝克旗下最年輕的警探——在巴士上被開槍掃射乘客的兇手擊斃那時，她還相當瘦小。如今她已度過最難捱的時期，恢復了胃口，甚至變得有點豐滿。她的新陳代謝應該是很驚人的。

馬丁．貝克考慮是不是該請烏莎早點兒過來，這樣她就能幫忙，但隨即又打消了念頭。

外面傳來有人用大拳頭敲門的聲音，門隨即被打開，柯柏走了進來。

「你坐在這裡想什麼？」他坐進旁邊的椅子，椅子在他的體重下發出不安的嘎吱聲。

柯柏熟諳盜匪伎倆和精通防身術的程度，在瑞典警界裡大概無人能及，這點已是無庸置疑。

馬丁．貝克從抽屜上抽腳，把椅子拉近桌子。在回答之前，他先小心地捻熄香菸。

「在想葉達街那起斧頭殺人案。」他撒謊。「還沒出現什麼新線索嗎？」

「你看到驗屍報告了沒？上面說，那傢伙受到第一擊就立刻斃命了。他的頭骨真是薄得奇怪。」

「是，我看到了。」馬丁．貝克說。

「得瞧瞧我們何時可以和他妻子談談。」柯柏說，「醫院的人早上說，她還處在嚴重的震驚狀態。說不定人是她殺的，誰知道？」

他起身走過去打開窗戶。

「關起來。」馬丁・貝克說。

柯柏把窗戶關上。

「你怎麼受得了啊？」他抱怨道，「根本就像在烤爐裡。」

「我寧可被烤死，也不想被污染而死。」馬丁・貝克說得一副很有哲理的樣子。

南區警察局非常靠近厄辛基公園大道，在交通繁忙的日子，尤其像現在假期正要開始時，空氣裡明顯充滿汽車廢氣。

「要是熱死了，你也只能怪自己。」柯柏搖搖擺擺走向門去。「總之呢，至少努力活到今晚吧。你是說七點，對嗎？」

「對，七點。」馬丁・貝克說。

「我已經餓了。」柯柏故意挑釁地說。

「很高興你能來。」馬丁・貝克說，但門已經在柯柏身後關上。

不久後，電話響起，開始有人來找他簽公文，要他看報告，要他回答問題，他不得不把今晚的派對菜單拋諸腦後。

三點四十五分，他離開警局，搭地鐵前往侯托格沙勒市場。他在那邊逛來逛去，採購許久，最後不得不搭計程車趕回葛拉史丹區的家，這樣才有時間準備。

六點五十五分，他擺好桌上所有餐具，開始瀏覽自己的成績。一盤醃鯡魚底下鋪了蒔蘿、酸奶油和蝦夷蔥，一盤圍了一圈碎洋蔥和蒔蘿及檸檬片的鯉魚子，燻鮭魚薄片鋪在柔嫩的生菜葉上，白煮蛋切片，燻鯡魚，燻比目魚，匈牙利臘腸、波蘭香腸、芬蘭香腸，還有和斯堪尼省的肝泥香腸，以及一大盆生菜上擺了許多鮮蝦。他對最後這道特別驕傲，因為這是他自己做的，而且令人驚訝的是，味道竟然還很好。他在一片砧板上擺出六種不同的乳酪，還有沙拉蘿蔔和橄欖，粗裸麥麵包，匈牙利鄉村麵包和又熱又脆的法國麵包，以及一條奶油。爐子上正在烹煮新鮮的馬鈴薯，傳來陣陣蒔蘿香。冰箱裡冰著四瓶Piesporter Falkenberg白酒，好幾罐Carlsberg啤酒和一瓶凍在冷凍庫裡的Løiten杜松子酒。

馬丁·貝克非常滿意自己的努力結果。現在只待客人大駕光臨。

烏莎·托瑞爾首先抵達。馬丁·貝克調了兩杯Campari蘇打，她一杯在手，四下參觀。這屋內的格局是臥房、客廳、廚房、浴室和通道。房間都很小，但是打理容易，而且也很舒適。

「我想我不必問你喜不喜歡這裡。」烏莎·托瑞爾說。

「就像大多數的斯德哥爾摩在地人，我一直夢想能在葛拉史丹這區擁有一間房，」馬丁·貝克說，「而且，獨居也是很棒的。」

烏莎點點頭。她靠著窗沿，雙腳交叉站著，雙手捧著玻璃杯。她矮小而細緻，有一對棕色大眼，一頭深色短髮和曬成古銅色的皮膚，看起來健康、沉靜，而且神色輕鬆。她花了很長一段時間才平復史丹斯壯之死的傷痛，因此，看到她現在這樣子，馬丁・貝克甚感欣慰。

「你呢？」他問，「你自己不久前也才剛搬家。」

「有空來玩啊，我會帶你參觀。」烏莎說。

史丹斯壯死後，烏莎和柯柏夫妻同住了一陣子，由於不想回到和史丹斯壯一起住過的公寓，她便搬進國王島大道上的一間單房公寓。她還辭去原本的旅行社工作，進入警察學校就讀。

這頓晚餐極為成功。雖然馬丁・貝克自己吃得不多（他一向如此），但食物很快就被一掃而空。原本他一直焦慮地嘀咕自己是否低估了大家的胃口，可是等客人從餐桌上起身時，大家似乎都一副酒足飯飽的模樣，柯柏甚至還悄悄鬆開腰帶。烏莎和葛恩比較喜歡杜松子酒和啤酒，對葡萄酒沒興趣，因此等晚餐結束時，那瓶杜松子酒就已經見底了。

馬丁・貝克為大家都斟了一杯干邑加咖啡。他舉起杯子說：「願我們明天都宿醉頭痛，而且終於有一次大家都在同一天請假。」

「我不能請假，」葛恩說，「波荻早上五點就會跳到我肚皮上來討早餐。」

波荻是柯柏夫婦快要兩歲大的女兒。

「別去想那個問題，」柯柏說，「不管明天會不會頭痛，孩子都由我來顧。而且也別談什麼上不上班。我一年前發生那起意外之後，就一直在想，要是我能找到另一份好工作，現在立刻就會辭職不幹了。」

「現在什麼都別想吧。」馬丁．貝克說。

「要不想還真他媽的難耶，」柯柏說，「這裡的警力遲早都會癱瘓。你看看那些鄉下來的呆瓜就好，他們成天穿著制服晃來晃去，不知道要做啥，還有那些行政單位！」

「唉，算了。」馬丁．貝克嘆了一聲，自我解悶，並抓起他的干邑。

就連他也相當擔心。最嚴重的是，打從最近一次重組之後，警力就整個被政治化和集中化，再加上巡邏人員素質不斷下降，使得局面更是每下越況。但現在絕非討論這種事情的場合。

「唉，算了。」他若有所思地又重覆了一次，並舉起酒杯。

用完咖啡後，烏莎和葛恩要去洗碗盤。馬丁．貝克抗議，她們就說反正自己本來就喜歡洗碗盤——除了自家的以外。他隨她們的意思，再拿出威士忌和水。

電話響了起來。

柯柏看了時鐘一眼。

「十點十五分。」他說，「要命，一定是莫姆打來告訴我們，明天無論如何都得上班。我不在這兒噢。」

莫姆是督察長，接任最近剛退休的前督察長哈瑪的職位。莫姆是警政署直接派來的，他的資格顯然全屬政治運作。總之，當中的作業似乎有點神祕。

馬丁・貝克拿起話筒。

然後他迅速做了一個鬼臉。

不是莫姆，而是警政署長。對方用刺耳的音調說：

「出事了。我得要求你明天一早就前往馬爾摩。」

然後，他有點太遲地補上一句，「如果打攪到你，那麼抱歉了。」

馬丁・貝克沒有回應這句話，只說：「去馬爾摩？發生什麼事？」

剛為自己調了一杯Highball的柯柏，抬起眼睛搖搖頭。馬丁・貝克投給他一個無奈的表情，指指他的杯子。

「你聽過維克多・帕姆葛倫這名字嗎？」署長問。

「那個大總裁？大人物？」

「正是。」

「當然聽過，但是，除了此人擁有一堆公司和萬貫家財之外，我對他所知不多。哦，對了，還有，他有個年輕又漂亮的太太，先前是個模特兒什麼的。他怎麼了？」

「死了。就在今晚，死於倫德市的神經外科醫院。他在馬爾摩的薩伏大飯店內的餐廳，被一名身分不明的槍手朝頭部開了一槍。槍案發生在昨晚。你們瓦斯貝加那裡沒有報紙嗎？」

馬丁．貝克再度忍住沒有回答，轉而問道：「馬爾摩那邊不能自己處理嗎？」

他接過柯柏拿給他的威士忌，喝了一口。

「梅森不是在當地執勤？」他繼續說，「他絕對有能力……」

警政署長不耐地打斷他。

「梅森當然在那裡執勤，但我要你去幫他，或者乾脆直接接管本案。而且你要盡快出發。」

還真是感謝呢，馬丁．貝克心想。凌晨十二點四十五分確實有一班飛機會從布洛瑪起飛，但他不打算搭那班。

「我要你明天一早就出發。」警政署長說。

他顯然不知道飛機班次。

「這是個極度複雜又敏感的案件，我們得趕快破案。」

隨後是一陣沉默。馬丁．貝克啜著酒等著。最後，電話那頭的人繼續說：「是高層某個人希望由你來接管本案。」

馬丁・貝克皺起眉頭，和柯柏疑問的眼光對視。

「帕姆葛倫有那麼重要嗎？」他問。

「顯然是。他的事業有某些特定領域牽涉到複雜的利益糾葛。」

你就不能不打官腔，直接把話說明白嗎，馬丁・貝克心裡這麼想。什麼利益糾葛？他的什麼事業的什麼特定領域？

顯然，故作神祕很重要。

「很不幸，我不清楚他從事的是哪種事業。」馬丁・貝克回應道。

「會有人讓你知道所有相關事項。」警政署長說，「目前最重要的，就是你必須盡快趕到馬爾摩。我已經和莫姆談過，他很願意放你過去。我們必須盡最大努力逮捕兇嫌。還有，你和新聞媒體談話時一定要小心。你也明白，他們會多麼用力渲染這件案子。好，你何時能出發？」

「我想，早上九點五十分有一班飛機。」馬丁・貝克遲疑地說。

「好，就搭那班吧。」署長說完就掛斷電話。

5.

維克多．帕姆葛倫死於週四晚上七點三十三分。在正式宣告死亡之前的半小時，參與本案的醫生們還說，帕姆葛倫的體魄強壯，而且眾人多次討論，都認為他的其他狀況不算嚴重。

總而言之，他唯一有問題的，就是腦中卡著一顆子彈。

帕姆葛倫死亡時，在場的有他的妻子，兩名腦部外科醫生，兩名護士，以及倫德市警局的一位副組長。

大家都同意，進行手術太過冒險，即使是外行人也能認同這是合理的判斷。事實上，帕姆葛倫的意識有時還非常清醒。有一次，他們甚至還能和他進行談話。

當時已經累得半死的刑事幹員曾問他幾個問題：

「你有沒有看清楚開槍射你的人？」以及，「你認得他嗎？」

他的回答非常清晰明瞭，第一個問題的答案是肯定的，第二題則是否定的。帕姆葛倫看到了那個殺手，但那是他此生第一次、也是最後一次。

這些談話並沒有真正進一步釐清案情。人在馬爾摩的梅森，臉上布滿憂慮的深刻皺紋。他渴望睡眠，或至少換件乾淨的襯衫。

這一天十分燠熱難耐，然而警察局裡根本沒有空調設備。

他能進行調查的唯一一條小線索已經被搞砸了。

都是那些斯德哥爾摩人，梅森心想。

但他沒有說出口，因為他顧慮到敏感的史卡基。

再說，那條線索到底有多少價值？

他不知道。

也許完全無用。

可是，這還是令人氣惱。丹麥警方詢問過飛艇司普林格倫號的工作人員，在九點鐘從馬爾摩開往哥本哈根的那班船上，有一名女服務生曾經特別留意到一名男子，因為此人在三十五分鐘船程的前半段時間，堅持要站在後甲板上。女服務生對他的外表、尤其是穿著的印象，似乎符合目擊者對槍擊嫌犯的粗略描述。

而且有些跡象似乎兜得起來。

搭乘這類飛艇的過程其實比較像在搭飛機，而不像乘船，乘客通常不會站在甲板上，甚至，乘客在航程中是否受得了站在船艙外透氣，都令人懷疑。最後，那個人回到船艙內，找了張扶手椅坐下。他沒有在船上購買任何免稅菸酒或巧克力，因此，沒有留下任何筆跡。在飛艇上購買商品都得填寫一張制式表格。

為什麼這個人要待在甲板上？

或許，他是要把某樣東西丟進水裡。

就這個案例來說，他要丟什麼？

武器。

假定，他就是涉案人；假定，他要丟棄的就是作案工具。

假定，這個嫌疑人物向來不怕暈船，因此，比較喜歡待在有新鮮空氣的船艙外。

「假定，假定，假定。」梅森喃喃自語，不禁咬斷了最後一根牙籤。

這是個糟糕的一天。首先是熱氣，尤其當你被迫得坐在室內，那簡直是忍無可忍；而且，室內又毫無可以躲開午後熾熱烈陽的地方。第二，就是這種被動的等待。等待消息，等待應該存在、但沒有聯繫警方的證人。

犯罪現場的調查工作進行得極為不順。他們發現了上百枚指紋，但是沒有實據可以判定哪些是朝維克多．帕姆葛倫開槍的那個人所有。他們把最大的希望寄託在窗戶上，但玻璃上的幾枚指紋都太模糊了，無法作任何判斷。

最令貝克隆惱怒的，是一直找不到那只空彈殼。

他為了這件事打了好幾次電話。

「我不懂，彈殼怎麼會憑空消失。」他惱怒地說。

梅森認為，這答案這麼簡單，貝克隆憑能力應該想得出來才是。因此，他只是略帶譏諷地說：「等你有點看法之後再告訴我。」

他們也找不到任何清晰的足印。這相當合理，因為餐廳裡有那麼多人進進出出，室內又鋪滿地毯，根本不可能找到任何可辨識的足印。窗戶外頭，那個人在跳上人行道之前曾踩進一只大花盆內，花草雖然受到嚴重損傷，卻沒能為鑑識人員提供有用的資訊。

「這頓晚餐——」史卡基說。

「是，怎麼樣？」

「好像是某種商業會議，而不是私人聚會。」

「可能吧。」梅森說。「你有沒有席間與會的賓客名單？」

「當然有。」

他們一起把那張名單研究了一番。

維克多．帕姆葛倫，執行長，馬爾摩人，五十六歲。
夏洛特．帕姆葛倫，家庭主婦，馬爾摩人，三十二歲。
漢普斯．波伯格，地區經理，斯德哥爾摩人，四十三歲。
海倫娜．漢森，執行祕書，斯德哥爾摩人，二十六歲。
歐勒．郝夫—傑生，地區經理，哥本哈根人，四十八歲。
貝絲．郝夫—傑生，家庭主婦，哥本哈根人，四十三歲。
邁茲．蘭德，副總裁，馬爾摩人，三十歲。

「這些人一定都在帕姆葛倫的公司工作。」梅森說。

「看起來確實如此。」史卡基說，「當然，我們必須對這些人再徹底詢問一番。」

梅森嘆了一口氣，想著這些人的住居分布。那對傑生夫婦前一晚已經返回丹麥了。漢普斯．波伯格和海倫娜．漢森已經搭早上的班機回斯德哥爾摩，而夏洛特．帕姆葛倫一直在倫德市醫院裡，待在丈夫的床邊。只有邁茲．蘭德還在馬爾摩。其實，就連這一點他們也不太確定，因為邁茲．蘭德身為帕姆葛倫的副手，經常出差在外。

因而，這一天的種種不幸似乎在死訊傳來時達到最高潮。他們是在七點四十五分接到消息，這個消息立刻讓案情轉變成謀殺案。

然而，噩耗還不止於此。

十點三十分，他們正兩眼無神、疲憊無力地坐在那裡喝咖啡。電話鈴響，梅森接起。

「是，我是偵查員梅森。」

他馬上又回答：

「這樣啊……」

這同樣的句子他重覆了三次之後，才道別掛斷。

他看著史卡基說；「這已經不是我們的案子了。他們要從警政署凶殺組派一個人下來。」

「該不會是柯柏吧？」史卡基焦慮地說。

「不是，是獨一無二的馬丁．貝克。他明天早上過來。」

「那我們現在怎麼辦？」

「回家睡覺。」梅森站了起來。

6.

當來自斯德哥爾摩的飛機在布拓夫塔機場降落時，馬丁·貝克覺得很不舒服。

他一向非常厭惡飛行，再加上昨夜派對的宿醉在這個週五早上殘留未醒，這趟旅途著實令他倍覺不快。

才從還算涼爽的機艙走出來，炙熱、沉重的熱氣便迎面襲來，他甚至還沒有下完階梯就已經汗流浹背了。在一路走向國內航線的航廈時，馬丁·貝克只覺得，就連鞋底下的柏油路面都軟綿綿的。

雖然開著車窗，計程車裡的空氣依然沉悶，而且單薄的襯衫貼在後座的合成皮椅面上，也讓他覺得燠熱非常。

他知道梅森在警局等他，但他決定先到旅館沖澡、換件衣服再說。這回他不像往常住在聖喬真旅館，而是訂了薩伏大飯店的客房。

門房的迎賓態度十分殷勤，馬丁·貝克霎時還懷疑自己是否被誤認為是飯店某位許久不見的貴客。

旅館房間寬敞涼爽，面向北邊，望向窗外可看見運河、火車站、港口的遠方，還有寇坎碼頭，一艘穿過海灣正要開往哥本哈根的白色飛艇，才剛消失在淡藍色的薄霧中。

馬丁・貝克脫下衣服，裸身在房裡走動，來回取出行李中的衣物。然後，他走進浴室，沖了一個長長的冷水澡。

他穿上乾淨的內衣褲和襯衫。穿好衣服後，他注意到火車站上的鐘正好指在十二點。他搭計程車前往市警局，直接走向梅森的辦公室。

梅森讓窗戶大開，面向中庭，在一天中的這個時刻，那地方已經沉浸在一片陰影當中。他捲起襯衫袖子，邊喝啤酒，邊翻閱文書。

彼此問候過後，馬丁・貝克脫下西裝外套，坐上一旁的扶手椅，點起一根佛羅里達牌香菸。梅森把一疊文件交給他。

「你可以從這份報告開始讀。你會看到，整件事從一開始就處理得非常糟。」

馬丁・貝克仔細地讀，偶爾還問梅森幾個問題，後者補充了一些報告沒說到的細節，還重述了克里斯森和卡凡特在卡洛林斯路的處理方式。這段經過，隆恩已稍事修改，而剛瓦德・拉森則拒絕再與本案扯上任何關係。

讀完報告後，馬丁．貝克將文件放在面前的桌子上。他說：「我們顯然得先把精神集中在好好詢問證人上。這點做得實在很不理想。總之，這個怪句子是什麼意思？」

他翻出一張文件，唸出其中一句話：「『犯罪當時，存在於犯罪現場的幾只不同時鐘的正確時間所造成的偏差……』，這什麼意思？」

梅森聳聳肩。

「貝克隆寫的。」他說，「你見過貝克隆嗎？」

「哦，是他呀，難怪。」馬丁．貝克說。

他見過貝克隆，就那麼一次，在幾年前。那次經驗就夠他受了。

一輛車駛進中庭，停在窗戶下面；接著是一陣吵雜聲及用力關車門的聲音，還有幾個人奔跑和用德語叫囂的聲音。

梅森緩緩起身，往外張望。

「他們一定是大清查了古斯塔阿道夫廣場，」他說，「不然就是清查了碼頭那邊。我們在那一帶提高偵查活動，但被捕的多半只是身上帶了點自用大麻的年輕人。我們很少抓到大宗毒品或真正危險的毒販。」

「我們也是。」

梅森關上窗戶坐下。

「史卡基的表現如何？」馬丁・貝克問。

「很好。」梅森說。「這孩子很有企圖心，每天晚上都在家進修。工作表現也很好，非常仔細，而且做事不魯莽。上次他確實學到了教訓。對了，當他知道是你要來而不是柯柏時，還真是鬆了一口氣。」

不到一年前，柯柏腹部被刺了一刀，班尼・史卡基多少可說是這起意外的肇因者。刺傷柯柏的人，是他們倆一起前去阿蘭達機場要逮捕的兇嫌。

「聽說他也是足球隊的生力軍。」梅森說。

「是嗎？」馬丁・貝克淡然地說，「他現在在做什麼？」

「在設法聯絡一個當時單獨坐在和帕姆葛倫的餐宴相隔幾張桌子距離外的人。他叫做埃德瓦森，是《阿勃泰特報》的校對。上週三他醉得太嚴重，所以沒辦法接受詢問，昨天我們又找不到他。他大概宿醉待在家，但拒絕開門。」

「要是他在帕姆葛倫遭槍擊時也喝醉，也許就稱不上是證人。」馬丁・貝克說。

「我們何時可以詢問帕姆葛倫的妻子？」

梅森淺啜一口啤酒，用手背抹抹嘴巴。

「我希望是今天下午，或者明天。你要負責詢問嗎？」

「也許你來會比較好。關於帕姆葛倫，你知道的一定比我多。」

「這我很懷疑。」梅森說，「可是，好吧，你是決策者。如果史卡基聯絡到埃德瓦森，你可以和他談談。我有個感覺，他是目前為止最重要的證人。對了，要不要來罐啤酒？不過恐怕是溫的。」

馬丁．貝克搖搖頭。他口渴得很，但溫啤酒對他沒有吸引力。

「我們何不乾脆到福利社去喝個礦泉水？」他說。

他們站在吧台，各自飲喝了一瓶礦泉水，然後回到梅森的辦公室。班尼．史卡基坐在旁邊的椅子上，讀著備忘錄上的資料。當他們走進來時，他很快起身和馬丁．貝克握手。

「嗯，有聯絡到埃德瓦森嗎？」梅森問。

「有，終於聯絡上了。他目前人在報社，但三點左右應該會回到家。」史卡基說。他看看自己的筆記。「崁若路二號。」

「打電話跟他說我三點鐘會過去。」馬丁．貝克說。

崁若路上的那棟建築似乎是一連串新建築中最先完工的一座；街道另一邊是一些無人居住的低矮老屋，這些老屋很快就會被推土車剷平，好蓋起更新、更大的公寓大樓。

埃德瓦森住在頂樓，馬丁·貝克一按完門鈴，他立刻開門。年約五十歲的他面容充滿智慧，大鼻子相當醒目，法令紋很深。將門完全打開之前，他眨了眨眼，看看馬丁·貝克，說道：「貝克督察嗎？進來吧。」

馬丁·貝克越過他走進屋裡。裡面陳設簡樸，牆壁都是書架，靠窗的書桌上有一架打字機，滾筒上有一張打了一半的紙張。

埃德瓦森移開房內唯一一張扶手椅上的報紙，說道：

「請坐，我去拿點飲料，冰箱裡有冰啤酒。」

「聽來很棒。」馬丁·貝克說。

男子走進小廚房，而後帶了兩只玻璃杯和兩瓶啤酒回來。

「貝克牌啤酒，」他說，「正適合，是吧？」

把啤酒倒進玻璃杯以後，他在沙發上坐了下來，一隻手伸到椅背後。

馬丁·貝克灌下一大口啤酒，在這種悶熱天氣裡，喝來真是清涼暢快。他說：

「呃，你知道我來訪的目的吧？」

埃德瓦森點點頭，點燃一根菸。

「是的，和帕姆葛倫有關。我沒辦法說我對他的死感到遺憾。」

「你認識他嗎？」馬丁．貝克問。

「你是指個人嗎？不，根本不認識。但是，你在各個相關場合幾乎都會碰到他。我的印象是這個人相當霸道、傲慢——呃，我一向無法和那種人相處。」

「什麼意思？『那種』？」

「視金錢為一切，而且，為了賺錢可以不擇手段的那種人。」

「如果你願意談談對他的看法，我稍後可以再多聽一些。但我要先知道一點別的事。你有沒有看到開槍的人？」

埃德瓦森撥了撥覆蓋在前額的斑白鬈髮。

「我恐怕幫不上太多忙。我正好坐在那裡讀東西，那傢伙窗戶都跳出去一半了，我才察覺到不對。起初我只注意到帕姆葛倫，然後又看到開槍者——不過，只是從眼角餘光瞄到一眼而已。他逃得很快，等到我回過神看向窗外時，他已經消失了。」

馬丁．貝克從口袋裡拿出一包皺巴巴的佛羅里達牌香菸，點起一根。

「你記得他的長相嗎？」他問。

「依稀記得。他的衣著顏色相當暗，可能是一件西裝或運動外套，一件不相稱的長褲，而且不是年輕人。但那只是我的印象——他有可能是三十、四十或五十歲，但不會比這個範圍年輕或老。」

「你到餐廳時，帕姆葛倫的賓客都已入座了嗎？」

「不，」埃德瓦森說，「他們來的時候，我已經用過餐，而且喝了一杯威士忌。我自己在這裡獨居，所以，偶爾到餐廳看看書，感覺滿好的。我在那裡坐了很久。」

他停了一下，又補上一句，「當然啦，到餐廳用餐貴死了。」

「除了帕姆葛倫，在那場宴會上，你還認得出誰？」

「他太太，還有那個年輕人，據說他是帕姆葛倫的左右手。其他人我不認得，但看起來好像也都是他的部屬，其中有幾個講丹麥語。」

埃德瓦森從長褲口袋抽出手帕，擦掉額頭的汗。他穿著白色襯衫，繫著領帶，以及淺色的聚酯纖維長褲和黑鞋。他的襯衫已經濕透。馬丁·貝克覺得自己的襯衫也開始滲起汗來，而且黏在身上。

「你有恰巧聽到他們在說些什麼嗎？」他問。

「老實說，我還真聽到了。我這人好奇心很強，而且覺得研究別人是一件有趣的事，所以，我其實偷聽到了一點。帕姆葛倫和那些丹麥人在談生意，我聽不懂細節，但他們好幾次都提到『羅德西亞』。這個帕姆葛倫經營的事業非常多，我甚至在某些場合聽過他自己在說這些事——那些經營方法常是不擇手段、見不得人。那些女士談的則是那種女人通常愛談的話題，像是服裝、旅遊、共同的朋友、派對等等的……帕姆葛倫太太和另外兩個女人當中比較年輕的那個，在聊某某人為自己扁塌的乳房動了手術，結果看起來卻像在下巴底下掛了兩顆網球。夏洛特・帕姆葛倫聊到在紐約市的『二十一』俱樂部——就是法蘭克・辛納屈去過的那一家——舉行了一場派對。其中有一個叫馬肯的，整晚纏著人喝香檳。還有許多諸如此類的談話。例如，突爾菲特內衣有一款胸罩好得不得了，一件七十五克朗，或是夏天戴假髮太熱，所以每天都得把頭髮挽起來等等的。」

馬丁・貝克心想，埃德瓦森當晚應該沒有讀進去多少書。

「那麼其他男人呢？他們也在談生意嗎？」

「沒怎麼談。他們好像在餐前就有過一次會議。第四個男人，就是既不是丹麥人、也不是年輕小伙子的那個，有稍微提到這點。他們談的也不是什麼高層次的東西。例如，他們對帕姆葛倫的領帶就聊了很久，可惜我看不到那條領帶，因為他背對著我。那應該是一條很特別的領帶，因為他們都表示很羡慕，而且帕姆葛倫說，那是他花了九十五法郎在巴黎香榭大道上買的。第四個男人還說，他有一個讓他夜裡輾轉反側的問題——他女兒和一個黑人同居了。帕姆葛倫建議他把女兒送去瑞士，因為當地幾乎沒有黑人。」

埃德瓦森站起來，把空酒瓶拿進廚房，而後又帶了兩瓶啤酒回來。兩只酒瓶上罩著一層冰霧，相當令人垂涎。

「是啊，這就是我記得的談話內容。沒有幫上什麼忙，是不是？」

「是沒有。」馬丁・貝克坦白地說。「關於帕姆葛倫，你還知道些什麼嗎？」

「不多。他住在鄰近林漢區那些高級豪宅群中最大的一棟。他賺得多，花得也多，而且不只是花在他太太和那棟老房子上。」

埃德瓦森沉默片刻，然後反問：「你對帕姆葛倫又知道多少呢？」

「就你說的那些，也不多。」

「如果警方對這個帕姆葛倫的所知和我沒差多少，那我們可真需要上帝保佑了。」埃德瓦森又灌下一大口啤酒。

「帕姆葛倫中槍時正好在演講，不是嗎？」

「對。我記得他站起來，接著就開始滔滔不絕——還不就是那種老套的廢話；歡迎大家，謝謝大家辛苦工作，然後對女士們幽默一下，開開懷。他對這種事好像很有一套，聽起來也興高采烈的。當時所有服務人員都退開了，以免打攪他們，甚至音樂也停了。服務生都不知道跑哪兒去，害我得坐在那裡乾咬冰塊。你們真的不知道帕姆葛倫都在幹些什麼勾當嗎，還是那是警方的祕密？」

馬丁・貝克看看那杯啤酒，拿起來，謹慎地啜了一口。

「我知道的其實不是很多，但其他人可能知道。他有不少國外生意，而且在斯德哥爾摩有一家房地產公司。」

「原來如此。」埃德瓦森好像陷入沉思。一會兒後，他說，「我只約略看到兇手一眼，這我前天已經跟他們說過了。警方派了兩個傢伙來問過我，其中一個老是問我是何時發生的，還有一個年輕一點的好像比較聰明。」

「案發當時你是不是不太清醒？」馬丁・貝克說。

「當然，老天，我當然不清醒。而且昨天我又喝了一場，所以現在頭還是昏昏的。一定是這鬼打架的熱天氣引起的。」

太好了，馬丁・貝克心想。宿醉未醒的警探詢問宿醉未醒的證人，非常有建設性。

「也許你了解這種感覺。」埃德瓦森說。

「是的，我了解。」馬丁・貝克舉起那杯啤酒，一口喝光剩下的酒液。最後，他起身說：

「謝謝。也許我們還會再和你聯絡。」

他停下腳步，又問了一個問題：

「對了，你有沒有看到兇手使用的武器？」

埃德瓦森猶豫了一下。

「現在回想，我好像有瞄到一眼，就在他把東西插進口袋那時。當然啦，我不太懂槍，但那支武器長長的、相當窄，有點像是槍輪——你們是怎麼稱呼那個東西的？」

「轉輪式槍膛。」馬丁・貝克說，「再見了，謝謝你的啤酒招待。」

「有空再來吧。」埃德瓦森說，「現在我要喝杯提神酒，才能讓腦筋清醒一點。」

梅森仍然以大致相同的姿勢坐在桌子後。

「我該怎麼說？」馬丁・貝克進門來時，梅森這麼問。「進行得如何嗎？嗯，進行得如何啊？」

「這是個好問題。相當糟，我想。你這邊進行得怎麼樣？」

「什麼也沒有。」

「那個寡婦呢？」

「我明天去找她。最好小心一點，她在守喪當中。」

7.

裴爾・梅森是在馬爾摩靠近摩勒華廣場一帶的勞工階級社區出生、長大，他擔任警職已超過二十五年。一輩子都住在馬爾摩的他，對這座城市比大部分人都來得熟悉，而且也很喜愛這地方。

然而，這座城市有一個區域，是他從來無法了解的，而且這一區一向令他感覺不自在。那就是華斯福區，當中包括像富里德罕、華斯特凰和貝勒佛等幾個社區，這裡一直都是富裕人士的區域。他記得在二〇和三〇年代鬧飢荒時，當時還是小孩子的他曾拖著木屐往林漢的方向走去，一路走經那些矗立豪宅華廈的路段，因為在那裡有時可以找到醃鯡魚當晚飯。他始終記得那些昂貴的汽車，穿制服的司機，穿黑洋裝綁圍裙又戴著漿挺白帽的女傭，還有穿著薄紗洋裝和水手套裝的上流階層的小孩。他覺得自己完全不屬於那種世界，那環境令他難以理解；對他而言，那裡就像童話中的場景。不知怎的，到現在，他多少還是有那種感覺，雖然為人開私家車的司機和女傭如今已相當罕見，而且上流階級子弟和一般小孩子在表面上也沒有太大區別了。

總之，醃魚和馬鈴薯也不算是太差的飲食。雖然單親又貧窮，梅森長大後還是成為一個強壯的男子漢，雖然這條路走得艱辛，最後仍能出人頭地——至少，他自己是這麼認為的。

維克多・帕姆葛倫生前就住在這個區域，所以，他的妻子應該也還住在這裡吧。

截至目前為止，他只看過那頓致命晚餐出席者的照片，對他們所知並不多。然而，關於夏洛特・帕姆葛倫，他知道她公認是絕色美女，而且曾被加冕為某某小姐，只是不知是瑞典小姐還是世界小姐，後來又成為名模，之後才變成帕姆葛倫太太，結婚時二十七歲，正值事業巔峰。現在她三十二歲了，和許多沒有孩子、卻多的是時間和金錢去保養自己的女人一樣，外表並無多少變化。維克多・帕姆葛倫比她年長二十四歲，光是這一點，就足以說明兩人結下這樁婚姻的動機。他可能需要一個美麗的花瓶擺給商界友人看；至於她，或許是為了擁有財富，這樣永遠再也不必工作。而他們似乎也就這樣各取所需，相安無事。

然而，夏洛特・帕姆葛倫如今已成寡婦，梅森免不了得遵從禮俗。因此，即使他百般不願，他在開車駛上聯隊街到貝勒佛這段相當短的距離之前，還是穿上暗色西裝和白襯衫，再繫上領帶。

帕姆葛倫的住處完全符合梅森的兒時記憶，或許隨著年歲漸增，這些記憶也更添誇大效果。屋外鮮亮翠綠的樹籬不僅修剪得光潔整齊，還十分高大、濃密，因此從街上只能看到鍛鐵欄杆。

它的占地十分遼闊，屋前草坪就像正式的花園；和車道相通的外部大門，就和樹籬一樣拒人千里，又高又寬的門是銅製的，帶點經年的銅綠，還裝飾著螺旋狀尖柱。其中一扇門上用特大尺寸的黃銅字母排列出現在已是人盡皆知的姓氏——帕姆葛倫。另外一扇上有信箱及電鈴，一個方形開孔就在門鈴正上方，屋內透過這個開孔可將來訪者先從頭到腳打量一番。顯然，這不是一個可以隨意進入的地方。當梅森謹慎地壓下門把時，差點以為會聽到裡頭某處傳來警鈴聲。當然，門是鎖著的，而且那個方形開孔也神祕地封住了。從信箱孔看進去，什麼也看不見，顯然後面是一個關上的鐵盒子。

梅森伸手要按門鈴，但又改變了主意，他放下手臂，四處張望。

除了自己的那輛老華特柏格，路邊還停了兩輛車，一輛是紅色積架，另一輛是黃色的莫理斯。夏洛特．帕姆葛倫有可能把她的兩台跑車停在路邊嗎？他靜靜站在那裡傾聽，一時間，彷彿聽到有聲音從裡面的花園傳來；然後，聲音漸漸消失，似乎是被燠熱顫動的空氣壓制住了。

什麼夏天嘛，他心想。在這種大約每十年才來一次的大熱天，你不去法斯特保海灘躺著，或在家中穿著短褲喝冷飲，卻一身領帶、襯衫、西裝，像個笨蛋一樣站在這裡！

然後，他想到一件事。這棟大宅已經很老了，很可能在二十世紀初就已經存在，想必這段時間也花過一、兩百萬克朗重建，好讓房子能跟得上時代。這種房子通常在後面都另有一個出入口，好讓園丁、廚子、女佣、信差和褓母等悄悄進出，不至於讓主人或夫人看了礙眼。

梅森沿著樹籬走，轉進下一條側街。帕姆葛倫的住宅似乎占去了一整個路段，因為沿路的樹籬都很一致，沒有中斷，而且和前面一樣，拒人於千里之外。他再度右轉，繞到後面，找到了他想找的後門。那是一扇對開的鐵門，由於被高大的樹木和茂密的枝葉擋著，所以從這裡完全看不見房子。然而，他可以看見一個大車庫，是相當新的建築；還有一棟比較舊的小房子，顯然是一間工具房。這後門沒有掛上名牌。

他把雙手放在兩扇鐵門上一按，門便向內敞開。這表示他不必費神查看門是否上了鎖。在大樹陰影底下，他才發現這天氣的確是熱。汗水一滴滴流下衣領，像條小溪，在兩片肩胛骨之間沿著背部涓流而下。他把鐵門推闔起來。

在通往車庫的沙石車道上，輪胎痕跡清晰可見；彎進花園的走道上鋪滿大塊石板。

梅森穿過樹下的草坪，朝房子的方向走去。他沿著成排的金鏈花和茉莉花叢走，不出所料，最後來到房子的後面，那裡一片靜謐，四下無人，窗戶、廚房和地窖樓梯都關著，旁邊還連接著幾棟神祕的建築物。他抬頭張望房子，但看不到多少東西，因為他站得太近了。他順著右邊的走道走，爬過一個花床，看看角落，然後站在盛開的牡丹花叢當中，愣住了。

眼前的景觀實在令人嘆為觀止。那片草坪非常大又非常綠，保養得足以媲美英國的高爾夫球場。中央是一座腰子形的泳池，周圍鋪著淺藍色瓷磚，池水清綠閃爍。最遠方有蒸汽浴、雙槓桿和羅馬吊環，蒸汽浴旁邊還有一架健身腳踏車。維克多．帕姆葛倫大概就是在這裡打造出他令人稱羨的健美體魄。坐在、或者應該說躺在池畔躺椅上的，正是夏洛特．帕姆葛倫。一頭金髮的她全身赤裸，閉著眼睛，皮膚曬成非常深、且均勻的古銅色。如果有人懷疑她的金髮並非天生，那只消看看她雙腿間那撮稀稀落落、呈三角形的毛髮，便能立刻駁倒謠傳。那兒的毛色如此淺淡，與曬黑的肌膚相較之下近乎白色。她的面容瘦削冷淡，輪廓清晰，嘴型嚴肅。她很瘦，臀部幾乎窄得不自然，腰很細，胸部有如小女孩。她的乳頭很小，淺棕色，乳暈顏色比身體其他部位要淡許多。對梅森來說，她全身沒有一處吸引他，看起來就像櫥窗裡的一具人體肢架。

看哪，一個裸體的寡婦！

這有何不可？寡婦也有必須裸體的時候。

梅森站在牡丹花叢中，覺得自己就像偷窺狂——事實上，他正是在偷窺。

然而，迫使他留在原地不動的倒不是眼前景象，而是耳邊聽到的聲音。就在目光不及的附近某處，傳來某人在移動和做某種事情的叮噹聲響。

然後，梅森聽到腳步聲，一個男子從屋影下走出來。雖然他的膚色不若夏洛特．帕姆葛倫的那麼深，卻也是全身古銅。他穿著一件色彩繽紛的百慕達襯衫，拿著兩只盛著淡紅色液體的高玻璃杯，吸管和冰塊也一應俱全。很不賴的主意。

梅森根據先前看過的照片，立刻認出那男子。那是邁茲・蘭德，是那位過世還不到四十八小時的維克多・帕姆葛倫的得意弟子和親密手下。

他穿過草坪，走向泳池。躺椅上的女子舉起左腿，抓抓腳踝。她兩眼未睜地伸出右臂，從男子手上接過飲料。

梅森退避到房屋角落後方聽著。蘭德先開口：「太酸了嗎？」

「不會，還好。」女子說。

他聽到她把玻璃杯放在瓷磚上。

「我們真壞，不是嗎？」夏洛特・帕姆葛倫冷冷地說。

「總之，真是他媽的好極了。」

「你說的一點兒都沒錯。」

她的口氣還是一樣淡然。

他們沉默了一會兒，然後，寡婦以一種具有暗示性的煽情口吻說：「邁茲，你怎麼不把那條笨褲子脫下來呢？」

蘭德有沒有回答，梅森不知道，因為他立即從牡丹花叢裡走開了。

他迅速而安靜地沿原路走回去，把屋後方的鐵門在身後關上，繼續沿著樹籬走，繞過兩個路角，然後在布滿銅綠的前門停下。他毫不遲疑地按下門鈴。

門鈴聲在遠處響起。不到一分鐘，他就聽到一陣輕悄悄的腳步聲迫近。探視外界的方孔被打開，一隻淺藍綠色的眼睛盯著他，他也看到一綹金髮和化妝技巧完美而誇張的長睫毛。

梅森拿出警徽，舉得高高地對著方孔。

「抱歉打攪您，」他說，「我叫梅森，是警察。」

「哦。」她稚氣地說。「是，警察。能否請你稍候？」

「沒問題。您正在忙嗎？」

「什麼？不，一點都不忙。幾分鐘就好……」

顯然她一時想不出合適的藉口，只聽到方孔的蓋子砰一聲關上，輕巧的腳步比來時更急速地撤退。

他看著腕錶。

她只花了三分半鐘就回來開門了。她穿著一雙銀色涼鞋和一件質料很輕的深灰色洋裝。

洋裝底下大概沒時間穿什麼，梅森心想，應該也沒有必要吧。反正她也沒有什麼特別之處可以炫耀或隱藏。

「請進。」夏洛特・帕姆葛倫說，「抱歉讓您久等。」

她鎖上門，在他前面走向房子。外面街上有車輛開動的聲音。顯然除了這位寡婦之外，另有其他人也得加快腳步。

這是梅森第一次有機會看到這棟華廈的全貌，他訝異地看著一切。事實上，這不是一棟房子，反而更像小型城堡，有許多尖柱、塔樓和奇奇怪怪的突起物。這一切在在顯示，原屋主有嚴重的誇大妄想症，而建築師則是參照某張風景明信片依樣畫葫蘆設計出來的。為了現代化而添加的陽台和玻璃走廊，並沒有改善屋子原先給人的整體印象。房子看起來仍舊十分突兀，令人不知該笑或該哭，或是該派一個摧毀小組把整間房子炸掉算了——這整個建築似乎相當堅固，大概也只能用炸彈解決。沿著車道，站著一排不忍卒睹的巨大雕像，是德意志帝國時代的那種風格。

「是的，這是一棟漂亮的房子。」夏洛特・帕姆葛倫說，「要把它現代化可不便宜，目前每樣東西的狀態都是最好的。」

梅森好不容易將目光從房子移開，放眼瀏覽周圍。那片草坪，就如他原先就注意到的，照顧得有點過度講究。

女子追隨他的視線說：「園丁一個禮拜來三天。」

「這樣啊。」梅森說。

「你要進屋裡，還是坐外面？」

「都可以。」梅森說。

邁茲．蘭德曾經在此的痕跡全都消失了，連玻璃杯也不見蹤影，但推車上還有一瓶礦泉水、一桶冰塊和一些酒瓶。

「這房子是我公公買的。」她說，「那是多年前的事。他早在維克多和我認識之前就過世了。」

「你們是在哪裡認識的？」梅森漫無章法地問。

「在尼斯，六年前。」她說，「那時我在走一場秀。」她遲疑了一下，接著說：「也許我們到裡面去比較好。」

「好啊。」梅森回說。

「我沒有什麼特別的東西可招待。當然，一、兩杯飲料是不成問題的。」

「謝謝，但是不必麻煩。」

「你知道，我獨自在家，我把佣人都送走了。」

梅森沒說什麼。過了一會兒，她說：「出事之後，我想，也許獨處一段時間比較好，完全獨處。」

「我了解，請接受我的致哀。」

她微微點頭，然而臉上神情只有憎惡和全然的冷漠。

也許她天分不夠，裝不出哀傷的神情，梅森想。

「呃——」她說，「那麼我們就到裡面去吧。」

他隨著她爬上一排位於玻璃走廊旁的石階，穿過陰暗的大玄關，走進一間擺滿家具的大客廳。客廳裡各種風格混雜一室，有極端摩登的家具，也有老式扶手椅，以及近乎古董的桌子，彼此交雜擺置，十分怪異可笑。她帶領他到其中一組家具坐下，這組是由四張單人沙發、一張長沙發和一個玻璃桌面的厚重大桌組成，看起來嶄新而昂貴。

「請坐。」她照慣例地說。

梅森坐了下來。那是他見過最大的椅子，他整個人陷進椅子深處，感覺好像再也站不起來。

「您確定不喝點什麼嗎？」

「都不用，謝謝。」梅森說，「我不會打攪太久。只是很抱歉，我得問你幾個問題。正如你所了解，我們很著急，想盡快抓到謀殺維克多・帕姆葛倫的兇手。」

「當然，您是警察嘛。唉，該怎麼說呢？這實在很悲哀，這整件事情，真悲慘。」

「你看到了開槍的人，是不是？」

「是的，但事情發生得那麼快，我可以說直到事後才反應過來。然後，一個可怕的念頭又擊中腦海——他有可能連我也殺了，連我們所有的人都殺了。」

「你以前見過這個人嗎？」

「沒有，絕對沒有。我記不得人名或事情之類的，但我對臉孔的記性很好。倫德市的警察也問過我同樣的問題。」

「我知道，但你當時情緒很不穩定——那是很自然的反應。」

「那當然，太可怕了。」她說，但是語氣不太有說服力。

「過去這幾天，這件事你一定想了很多。」

「是的，當然。」

「而且你確實清楚看到了那個人。你正好面對著他。他到底長什麼樣子？」

「唉，我能怎麼說呢？他看起來再尋常不過。」

「他給你什麼樣的印象？他很緊張嗎？還是一副不顧死活的樣子？」

「你知道，他看起來很平凡，相當普通。」

「普通？」

「是的，我的意思是，他和我們沒什麼關聯。」

「看到他的時候，你是什麼感覺？」

「沒有任何感覺，直到他掏出槍。然後我很害怕。」

「你看到武器了？」

「當然，是一種手槍。」

「你不知道是哪一種？」

「我對槍一竅不通。但那是一種手槍。相當長，像西部片裡用的那種。」

「你對那個人的面部表情，有什麼印象嗎？」

「沒有。就像我說過的，他看起來很尋常。我對他的穿著看得比較清楚，但關於這點我也說過了。」

梅森不再追究她對兇手的印象。她若非不肯，就是已經沒辦法再提供更多情報。他環顧這個詭異的房間。女子追隨他的視線說道：「這組沙發很豪華，可不是嗎。你認為呢？」

梅森點點頭，心想，這要花多少錢哪。

「我自己選購的。」她有些驕傲地說，「在芬蘭中心買的。」

「你們一直住在這裡嗎？」梅森問。

「不然我們在馬爾摩還能住哪裡？」她有點怯懦地問。

「那你們不在馬爾摩時呢？」

「我們在厄斯托里奧有一棟房子，會去那邊過冬。維克多常常要到葡萄牙做生意。當然了，我們在斯德哥爾摩也有房子，在高迪特街。」她想了想，補上一句，「可是我們只有在去斯德哥爾摩的時候才會去住。」

「我了解。你通常都會陪你丈夫出差嗎？」

「會，如果有社交場合，我通常會一起出席。但會議我是不參加的。」

「我了解。」梅森又說一次。

他了解什麼？了解大部分時候她就是在扮演一個活花瓶、一個活生生的櫥窗模特兒，一具能穿戴一些對常人來說毫無用處的昂貴飾品的年輕肉體。對像維克多．帕姆葛倫這樣的人來說，有一個吸引眾人豔羨的妻子，是擺派頭的要件之一。

「你愛你丈夫嗎？」他突然問。

她看起來並不驚愕，但是露出尋思的表情。

「愛情聽起來很愚蠢。」終於，她回答說。

梅森拿出一根牙籤，開始若有所思地咀嚼起來。

她訝異地看著他。這是她首度顯現出真正感興趣的表情。

「你為什麼那樣做？」她問。

「這是我戒菸以後養成的壞習慣。」

「哦。原來如此。要不然，那邊盒子裡有香菸，也有雪茄。」

梅森看著她一會兒，然後試試一個新計策。

「週三那頓晚餐，可算是一場商務聚會，對嗎？」

「對。他們下午開過一個會，但我沒參加。那時我在家裡換衣服。那天稍早的午餐場合我倒是在場。」

「你知道這次會議的目的嗎？」

「老樣子，生意嘛。至於是什麼生意，我不是真的曉得。維克多經營的事業這麼多。他自己也這麼講：『我經營的事業太多了。』」

「那天在場的人你都認識，對嗎？」

「見過幾次。不，事實上，我不認識和漢普斯·波伯格一起來的那個祕書。我以前沒見過她。」

「你和其他那些人都是好朋友嗎？」

「不算真的是。」

「那，藺德先生呢？他也住在馬爾摩。」

「我們見過幾次面，在公司派對之類的場合。」

「你們私下不會見面嗎？」

「不會，除非我丈夫約他來。」

她回答的聲音很平板，似乎完全沒有情感起伏。

「你丈夫中槍當時正在演講。他那時候在談什麼？」

「我沒有仔細聽。應該是歡迎大家、謝謝大家合作之類的，他們都是他的屬下。再說，我們就要離開這裡一陣子。」

「離開？」

「是的，我們要沿西海岸航行幾個禮拜。我們在波哈斯藍有一幢度假別墅——對了，這個我忘了告訴你。然後，我們就要前往葡萄牙。」

「那表示，你丈夫將有一陣子不會見到這些屬下？」

「對。」

「你也不會？」

「什麼？對，我會陪維克多一起去。在航行之後，我們要去葡萄牙打高爾夫球，去當地南部的阿爾噶伏。」

梅森打輸了這場重要的仗。她那無所謂的慵懶態度讓人難以辨別她何時在說謊，何時又是講實話，而且她將自己的感受——如果有的話——遮掩得非常好。最後他要提出的問題，在他看來很白痴，而且無論就任何情形來說都沒有意義。但這是例行公事。

「你想得到是否有任何人或團體，可能會想除掉你丈夫嗎？」

「沒有，我想不到。」

梅森從那張芬蘭的超級沙發裡起身說：「謝謝。我就不占用你的時間了。」

「不客氣。」

她隨他走到門邊。他小心地不要再回頭看那間守喪中的房子。

他們握了握手。他覺得她握他手的樣子很奇怪，直到坐進車內之後他才意識到，原來她在期待他會吻她的手。

她有一雙瘦削的手，手指長而細窄。

那輛紅色的積架跑車不見了。

天氣熱得令人難以忍受。

「哎，去他的。」梅森喃喃自語，然後發動引擎。

8.

經過一晚深沉無夢的睡眠，馬丁·貝克在週六早晨九點零五分才遲遲醒來。昨晚他和梅森在旅館吃了一頓豐盛的斯堪尼式的晚餐，現在仍覺得有點昏沉乏力，這就是在斯堪地那維亞半島最著名的餐館吃飯的後遺症。

在舒適的心境下張開眼睛後，他閒散地賴床幾分鐘，想著自從和妻子分居後，他的胃口已經改善不少，原本敏感的腸胃也開始變得相當正常。所以，這麼多年來的腸胃不適，原來都是心理引起的，他的確也一直這麼懷疑。

昨晚非常愉快，感覺也相當漫長。梅森一開始就建議，既然目前沒有多少可靠的線索可言，就暫且別在帕姆葛倫這案子上窮蘑菇。這當然是個好主意，因為他們倆都亟需一頓安靜的晚餐，而且需要好好睡上一晚。他們只是要放鬆幾小時，然後再集中力量繼續調查。可用的資料十分貧乏，他們兩人都感覺這個案子很複雜，可能會極難破案。

馬丁·貝克甩開被單起床。他拉開窗簾，愉快地望向敞開的窗戶外。氣溫已經升高，陽光普照。越過建築師費迪南・波伯格在一九〇六年建造的堂皇郵局，可以看見海灣上白得發亮的船隻；海水雖然有污染，看起來仍然湛藍誘人。渡輪馬爾摩赫斯號正在港口外大轉彎，好讓船首對準正確的方向。那是一艘好船，是在一九四五年建於寇坎碼頭，而且是根據老式造船原則建造的。

在那個年代，船看起來仍然像船，馬丁・貝克心想。

他脫掉睡衣，走進浴室。

就在他站到蓮蓬頭底下時，電話鈴聲響起。

等他關掉冷水、圍上浴巾趕到床前拿起聽筒時，電話已經響了好幾聲。

「是，我是貝克。」

「我是莫姆。進行得如何了？」

進行得如何了？永恆不變的問題。馬丁・貝克皺起眉頭，說道：

「目前很難講，調查才剛開始。」

「我打到警局要找你，可是只找到史卡基。」督察長抱怨。

「這樣啊。」

「你還在睡嗎？」

「沒有，」馬丁．貝克誠實地說，「已經起床了。」

「你一定要抓到兇手，加緊腳步。」

「是的。」

「我受到許多壓力。署長和首席檢察官都找到我頭上，現在連外交部也來干涉。」

莫姆的聲音聽來刺耳又緊張，可是對他而言那很正常。

「所以，一定要趕快解決，就像我說過的，要加緊腳步。」

「是要如何加緊腳步？」馬丁．貝克說。

督察長忽視他的問題，但這也是在意料之中，因為莫姆對警察的實務工作根本外行，而且也不是一個高明的行政官員。

莫姆反而問道：「這支電話會經過旅館總機，對嗎？」

「我想是。」

「那麼你必須用別支打給我。打我家裡號碼，越快越好。」

「我不認為這有什麼風險，你可以繼續講。」馬丁．貝克說，「在這國家，只有警察才有時間去竊聽別人的電話。」

「不，不，這樣不好，我要講的東西屬極度機密，非常重要。而且，本案比其他案子都來得優先。」

「為何？」

「這就是我要告訴你的事。但你得用專線打給我，去找個警局還是其他地方，而且要快。我現在是進退兩難哪。天啊，真希望我可以卸下這案子的責任。」

「狗屁。」馬丁・貝克對自己嘀咕道。

「我聽不見，你說什麼？」

「沒什麼。我馬上打回去。」

他掛斷電話，把身子擦乾，然後慢條斯理地穿衣服。

過了一段長短合宜的時間後，他拿起話筒，向接線生要了一條外線，接著撥出莫姆在斯德哥爾摩的家中號碼。

督察長想必是一直守在電話旁，因為第一聲鈴響還沒結束，他就接聽了。

「是，我是莫姆督察長。」

「我是馬丁・貝克。」

「你總算打來了。現在聽仔細了，我要告訴你一些有關帕姆葛倫和他活動內幕的情報。」

「來得還真是時候。」

「不是我的問題，我到昨天才得知詳情。」

他沉默下來，話筒中只聽到一陣緊張的窸窣聲。

「怎麼了？」馬丁．貝克終於提出疑問。

「這不是平常的謀殺案。」莫姆說。

「沒有一件謀殺案是平常的。」

這個回答似乎讓對方很尷尬。想了一下以後，他說：

「呃，你說得對，就某方面來說。我不像你，有實際的經驗……」

是，你確實沒有，馬丁．貝克心想。

「因為我經手的多半是更大的行政問題。」

「來吧，帕姆葛倫涉及什麼？」馬丁．貝克不耐煩地問。

「他是搞買賣的，大買賣。而且你知道，當中牽涉的幾個特定國家，和我們的關係非常敏感。」

「例如？」

「羅德西亞，南非，比亞佛拉*，奈及利亞，安哥拉，和莫三比克，這只是其中幾個例子。」

* 比亞佛拉（Biafra），曾為奈及利亞東南部一個由分離主義者建立的國家，但在歷史上未獲普遍承認。一九六七年五月三十日成立，至一九七〇年一月十五日滅亡。

我國政府很難和這些國家維持正常關係。」

「安哥拉和莫三比克不算國家。」馬丁・貝克說。

「好了，別管那麼多細微小事。總之，帕姆葛倫和這些國家、還有其他幾個，都有生意關係。他的事業有很大部分是在葡萄牙運作，雖然正式的總公司是在馬爾摩，但一般認為，他的營利交易大部分都是在里斯本進行的。」

「帕姆葛倫都做些什麼生意？」

「武器，還有其他項目。」

「其他項目？」

「呃，他幾乎什麼都經手。比如，他有一家房地產公司，在斯德哥爾摩這裡擁有很多樓房。馬爾摩的公司可說只是擺擺門面，雖然看起來氣勢好像很盛大。」

「這麼說，他的錢賺得可多囉？」

「是的，可以這麼說，但是並不知道到底有多少。」

「國稅局對這事有什麼看法？」

「看法非常多，但他們不知道確實情形。帕姆葛倫有好幾家公司都是在列支敦士登註冊的，而且他們認為，他的所得大都存入瑞士銀行的戶頭。雖然他在這裡的營業記錄毫無瑕疵，但他們很清楚，他的金錢記錄有很大部分國稅局根本無從取得。」

「這個情報從何而來？」

「一部分來自外交部，一部分來自國稅局。你現在也許可以了解，為什麼上面的人對這件案子這麼擔憂了。」

「我不了解。為什麼？」

「你真的不了解這箇中意涵？」

「這麼說好了，我沒有完全掌握到你想表達的意思。」

「好，聽我說。」莫姆氣急敗壞地說。「我們國內有一小撮非常強硬的政治團體，極力反對瑞典和我剛才提到的那些國家往來。還有一群較為多數的人相信官方的保證，以為瑞典在羅德西亞或莫三比克等國沒有牽扯任何利益糾葛。帕姆葛倫的活動過去一直保密得很好，目前仍然如此，但是我們從某些來源知道，此地的偏激團體已經十分清楚內情。套句老話，就是他已經被列在他們的黑名單上了。」

「套句老話總比語意不清來得好。」馬丁．貝克語帶鼓勵地說，「我們怎麼剛好會得知這些事情，這個黑名單的事？」

「警政署安全局曾對這件事做了點研究。有些有力人士甚至堅持該由安全局接手調查。」

「等等。」馬丁．貝克說。

他放下聽筒，開始找起香菸。終於，他在長褲右口袋找到一包擠得皺巴巴的菸。在此同時，他快速思考。被諷稱為「祕密警察」的警政署安全局是一個特殊機構，許多人都瞧不起他們，而且他們最惡名昭彰的，就是辦事能力奇差無比。他們偶爾也會偵破一起案子，甚至抓到一個間諜，但每次都是要靠民眾把罪犯五花大綁，加上罪證齊全地直接送上門。軍方的反間計甚至都做得比他們有效率。總之，人們很少討論這檔事。

馬丁．貝克點燃一根菸，然後又回到電話上。

「你到底在幹什麼？」莫姆狐疑地問。

「抽菸。」馬丁．貝克說。

督察長沒說什麼，但聽起來好像打了一個嗝，或是很驚訝地倒抽了一口氣。

「它跟祕密警察有何關係？」馬丁．貝克問。

「安全局嗎？有人建議他們應該接手本案調查，而且他們好像也頗有興趣。」

「我可以問個問題嗎？安全局為何會對這案子有興趣？」

「你有思考過兇手的*modus operandi*（犯罪手法）嗎？」莫姆的口氣彷彿惡兆臨頭。

Modus operandi？他是從哪裡讀來這個名詞的，馬丁．貝克心想。他大聲應道：「是的，我想

過了。」

「就我了解，本案手法和典型的政治謀殺有許多類似之處。一心一意的狂熱份子在執行任務時，完全不會考慮自己是否會被逮。」

「是的，是有這種味道。」馬丁‧貝克承認。

「很多人認為這一點很重要。安全局就是其一。」

莫姆停頓一下，大概是為了製造氣氛。接著他說：「你知道，我不會偏袒安全局的人，對他們的作業也沒有什麼內幕消息。但是有人透露，他們打算派他們局內一名專家插手，或許已經派出來了。也有情報人員派駐馬爾摩當地。」

出於厭惡，馬丁‧貝克把抽了一半的菸給捻熄。

「就官方立場來說，調查責任是我們的。」莫姆說，「但這麼說吧，假設上來說，我們也可以讓安全局和我們同時進行調查。」

「我了解。」

「是的，也就是說，要避免互相衝突。」

「當然。」

「但最重要的，也表示你得盡快抓到兇手。」

要比「祕密警察」先抓到，馬丁・貝克心想，就這點來看，這回倒真是不用急了。

「越快越好。」莫姆意志堅決地說，「至少你的帽子上可以多一根羽徽，屆時這功勞會是你的。」

「我沒有帽子。」

「這不是在開玩笑。」

「不過我隨時可以去買一頂。」

「這不是在開玩笑。」莫姆很不高興地又重覆一次，「再說，這是緊急事件。」

馬丁・貝克沮喪地望著窗外豔陽下的景致。哈瑪雖然也有惹人厭的地方，尤其是最後那幾年，但至少哈瑪曾經當過警察。

「依你看，調查應該怎麼開始？」馬丁・貝克毫無火藥味地說。

莫姆很努力地想了一想。最後提出這樣的解決辦法：

「這部分的細節交由你和你的手下來做，我有十足信心，你的經驗相當豐富。」

這話說得非常漂亮。督察長繼續說著的語氣也相當愉快：「所以，我們會全力以赴，對不對？」

「對。」馬丁・貝克機械性地回應。

他心裡想著別的事。然後他說：

「所以，帕姆葛倫在馬爾摩這裡的公司，大概只是個幌子而已？」

「我不會這麼快就下此結論，也許正好相反，它可能營運得非常好。」

「是做哪門生意？」

「進出口。」

「進出口什麼？」

「鮭魚。」

「鮭魚？」

「是啊。」莫姆驚訝地說。「你不知道嗎？他們從挪威和冰收購鮭魚，再轉售出口。至於出口到哪裡，我就不知道了。據我所知，一切都是合法進行的。」

「那斯德哥爾摩的公司呢？」

「主要是一家房地產公司，但是……」

「但是什麼？」

「專家認為，帕姆葛倫致富的方式另有門路，至於是什麼門路，我們無從查起，也無法干涉。」

「好，我知道了。」

「還有幾件事，我想讓你知道一下。」

「什麼事？」

「首先，帕姆葛倫在國內很有勢力，除了在非洲和其他國家的生意之外，他還有很多影響力頗大的朋友。」

「是，我懂了。」

「因此我們必須小心行事。」

「我了解。第二點呢？」

「就是，你得把政治謀殺的可能性列入考慮。」

「是。」此時，馬丁・貝克他的態度終於比較嚴肅了，「我會列入考慮。」

談話到此結束。

馬丁・貝克打到警局。梅森還沒有消息，史卡基正在忙，而貝克隆已經外出。

好主意，外出。

天氣很迷人，再說，這天是星期六。

幾分鐘後他下樓時，旅館大廳裡已經相當擁擠，只見一群人正在以不同的語言入住或退房，但在櫃台前的這群人當中，有一個十分惹人注目。

那是一個相當年輕的肥胖男子，穿著一套剪裁摩登、朝氣蓬勃的犬牙碎格紋西裝，一件條紋襯衫，一雙黃色皮鞋，和某種豔麗色彩的襪子。他的頭髮呈波浪狀，油光閃閃，鬍髭稍稍往上翹，無疑上過蠟，而且還用模子整修過。那名男子冷漠地倚著櫃台站著。他的鈕釦孔上插著一朵花，臂膀下面還夾著一本捲起來的《Esquire》雜誌。

他看起來像迪斯可舞廳廣告中走出來的模特兒。

馬丁・貝克認得他。他的名字叫包森，是斯德哥爾摩來的一位資深警探。

當馬丁・貝克走過去將房間鑰匙留給櫃台時，包森看著他的樣子非常空洞、慵懶，讓旁邊三個人也忍不住轉過頭來學他乾瞪眼。

「祕密警察」大駕光臨囉。

馬丁・貝克突然有一股想大笑的衝動，他連看都沒看他的祕密同僚一眼，便斷然轉身走進外面的陽光下。

等走到瑪拉大橋中央時，他轉身研究起那座旅館的特殊建築風格。還不錯，他們把傑出的立面外觀保存下來了，高聳的新藝術風格塔樓還成為全城足堪炫耀的景觀之一。他甚至還知道建築當初的設計者是法蘭斯・艾克蘭德。

包森站在旅館台階上窺探著。他的打扮看起來完全就像經過刻意喬裝，所以大概沒有那個公敵要犯會認不出他。而且，只要有示威或群眾鬧事的新聞報導，他總是有過人天賦，會和人群同時出現在電視螢幕上。

馬丁・貝克暗自覺得可笑，漫步朝港口走去。

9.

班尼．史卡基在卡樂斯路所租的住處，和警察局相距不過一個街區。這間房寬敞舒適，家具雖然稍嫌陳舊，卻也舒適實用。他是從調任到藍茲克羅納市的某個警官那兒接手這個房間的。房東是一個慈藹和善的老太太，她過世的前夫也是警察；她對房客的唯一要求條件就是入住者必須是警察。

史卡基的房間在甬道旁，到浴室和廚房都很方便，而且他可以隨心所欲使用這兩個地方。

班尼．史卡基相當注重規矩，或者應該說，他正在為自己培養規矩。培養生活規矩並非他的天性，但他認為，如果能訂立一項固定的計劃，會比較容易完成達到目標所需的種種工作。他的目標，就是要成為警政署長。

他每天早上在六點三十分起床，做體操、舉重，沖一個冰涼的冷水澡，把全身擦得乾乾爽爽，然後穿上衣服。他的早餐營養豐富，通常是優格加麥片，一顆白煮蛋，全麥麵包和一杯果汁。由於工作時間非常不固定，他得把健身訓練安插在每天的空檔時間。他每週至少游泳三次，騎長程腳踏車，有時還換上運動服到林漢田徑場慢跑。除了是馬爾摩警察足球隊的一員，參加在馬里鐸球場的每一場比賽外，他也會勤快地參與球隊例行練習。他夜裡還修習法律，目前已經修完兩學期的法學學位課程，並打算在秋天進修第三學期的課。

每天早上十一點和每天晚上九點，他都會打給未婚妻莫妮卡。他們倆是在他到馬爾摩任職的前一週在斯德哥爾摩訂婚的。莫妮卡才剛畢業，她曾試著在馬爾摩附近找物理治療師的工作，但最近的地點也只有赫爾辛堡。總之也算不錯的了，因為現在兩人的假期如果正好一樣，就可以相聚。

然而，在這個溫暖、明亮的星期六，史卡基脫離正常程序，比平時晚了一個小時才起床，而且沒有吃早飯。他反而用保溫瓶裝了滿滿一罐冰巧克力牛奶，連同泳褲和浴巾，放進帆布袋內。在往警局的路上，他轉進大衛廳廣場上的糕餅店，買了兩個肉桂捲和一塊心型香草酥。他經過警局主要入口的大銅門，轉上沃克斯塔路，然後走進停放腳踏車的中庭。他的腳踏車是黑色的，丹麥製。他在車子斜面的骨架上漆了「警察」兩個白色大字，希望這樣可以嚇走偷車賊。

把帆布袋放上載物架後，他踩著自行車經過城堡公園繁茂的樹叢，前往里泊斯柏格的游泳池。雖然時間還早，但天氣已相當炎熱。他游了個泳，做了大約一小時的日光浴，然後在海灘邊的草地上坐下，吃他帶來的午餐。

史卡基在九點三十分走進辦公室時，桌上已有一張貝克隆留下的字條：

梅森去寡婦家，貝克在薩伏大飯店等候進一步通知。電話響了就接聽。我中午回來。

貝克隆

史卡基在桌後坐下來等電話，但電話始終沒有動靜，於是，他開始思考維克多．帕姆葛倫的謀殺案。這個案件的動機會是什麼？由於帕姆葛倫相當富有，金錢應該是一個很容易猜到的解釋；或者是權力。可是，他的死會讓誰得利？夏洛特．帕姆葛倫是最親近他的人，而且據他所知，也是這富商財產的唯一繼承人；而邁茲．蘭德應該是接掌他職位的人選。如果考慮到帕姆葛倫太太名滿天下的美色和年輕的歲數，動機有可能是嫉妒。這不難想像。如果她有個愛人，而這個愛人又不願意繼續扮演副手角色的話……不過，要是這樣，用這種方式除掉丈夫未免也太奇怪了。無論動機為何，兇手的手法似乎太缺乏計劃。兇手的確逃走了，但他如果有預謀，在那種局面下要安然逃走的機會應該極為渺茫。再者，受害人過了二十四小時才斷氣，如果兇手運氣很壞——或者說很好——他很有可能得以倖存。行凶者一定知道帕姆葛倫會在那個時間、在薩伏大飯店的餐廳裡。當然了，除非他原本就是個瘋子，只是隨便走進來，見到第一個客人就殺。

電話鈴聲響起。是斯德哥爾摩的督察長莫姆，要找馬丁・貝克。史卡基告訴他，馬丁・貝克可能還在旅館，莫姆一聽便掛斷了，既沒道謝，也沒說再見。

班尼・史卡基忘了原本的思路，開始做起白日夢。他想像自己想到了解決辦法，單槍匹馬追蹤、逮到了兇手。他升了官，接著官運扶搖直上，就在他快當上警察總長時，又進來一通電話，打斷了他的美夢。

那是一個女人的聲音。起初他聽不懂她在講什麼；因為她的斯堪尼省口音讓斯德哥爾摩人很難理解。在調到馬爾摩之前，史卡基從來沒來過斯堪尼省，所以某些斯堪尼的方言讓他相當費解，但這也很稀鬆平常。讓他覺得有趣的是，有時竟然會有人聽不懂他講的話，他講的可是字正腔圓的瑞典語。

「呃，是關於報紙上登的那件謀殺案。」他聽到那女人這麼說。

「是。」他應一聲，等著。

「你是警察，對吧？」她懷疑地問。

「是，我是副組長史卡基。」他說。

「副的？你上司不在嗎？」

「不在，他正好出去。但跟我說也一樣。我也在辦這件案子。你有什麼事嗎？」

史卡基以為自己的語氣能引發對方信任，但那女人對他的權威似乎沒有信心。

「也許我最好過去一趟，」她嚴肅地說，「我住得不遠。」

「好，請過來吧。」史卡基說。「只要說，要找副組長……」

「也許你上司那時候就回來了。」她補上這句後就掛斷了。

十二分鐘過後，外面傳來敲門聲。如果說她在電話上曾有疑慮，那麼，只能說她在親自見到史卡基後，疑慮又更深了。

「我以為會看到一個年紀比較大的人。」她說得彷彿是在商店裡挑揀東西。

「真抱歉。」史卡基僵硬地說，「不過現在正好是我值班。請坐。」

他把扶手椅稍微移向桌子末端，女人謹慎地坐在椅子邊緣。她長得矮矮胖胖，穿著一件淡綠色的夏季外套，戴著一頂白色草帽。

史卡基回到他在桌子後的座位，「嗯，這位太太是，呃……」

「葛雷塔。」

有這種名字嗎？史卡基心想。顯然有。

「好，葛隆格雷太太，關於上週三發生的事情，你要說的是什麼？」

「那件謀殺案，呃，你知道，我正好看到那個兇手。嗯，當時我不知道就是他，我是說，在今天早上讀到報紙以前。後來我才明白。」

史卡基傾身向前，兩隻手抓住吸墨紙。

「你快說。」他說。

「呃，我過去哥本哈根那邊買雜貨，你知道，然後我遇到一個女友，就到布洛南喝咖啡，所以我回家時也相當晚了。等我走到薩伏大飯店對面的瑪拉大橋街角時，正好紅燈亮起，所以我得站在那裡等。突然間，我看到一個男子從薩伏大飯店餐廳的窗戶跳出來——我和姪子曾經去吃過好幾次飯，所以知道那裡是餐廳。嗯，當時我的第一個反應是：真下流，沒付帳就想溜掉！但我什麼也沒辦法做，因為當時是紅燈，而且四下無人。」

「那你有看到他往哪裡跑嗎？」史卡基問。

「有，我看到了。他跑向旅館左邊的腳踏車停車架，騎上一輛腳踏車，往皇后廣場方向騎去。後來交通號誌轉成綠燈，但我已經看不到他的蹤影。我想餐廳經理應該承受得了那筆損失，所以也就沒有多想，直接回家了。」她停頓了一下，「哎，等我穿過馬路後，有些人從飯店大門跑出來張望，但那時他已經跑掉了。」

「你能否描述一下那個男子的模樣？」史卡基難掩興奮地說，並把記事簿拉過來。

「呃，大約三十歲——也許四十，比較接近四十。頭相當禿——不，沒有全禿，但是幾乎快禿光了。髮色很暗，穿著咖啡色西裝，一件近似黃色的襯衫，打著領帶，我不曉得是什麼色。黑色或咖啡色的鞋，我想……應該是咖啡色的，因為他的西裝是咖啡色的。」

「他的長相如何？他的臉、身材有沒有什麼不尋常之處？」

她似乎在回想。

「他瘦瘦的。」她說。「身體瘦，臉瘦。沒有什麼特別之處。相當高，我想。比你矮，但是相當高。我不知道還有什麼可以告訴你的。」

史卡基沉默地坐著，看了她一會兒，然後說，「你最後看到他時，他在哪裡？」

「在交通號誌那邊。我想是在洛斯路的交叉口。當時那邊一定是紅燈。然後『通行』的燈亮，等我過了街，他就不見了。」

「嗯。你有沒有看到那輛腳踏車的樣子？」

「那輛腳踏車？就跟所有腳踏車一樣，我猜。」

「你有看到那輛腳踏車的顏色嗎？」

「沒有。」葛隆格雷太太搖搖頭，「車子一直來來往往，擋到了視線。」

「這樣啊。」史卡基說，「關於這個男子，你還記得什麼嗎？」

「沒有了，我現在想不起來還有什麼。我會不會因此得到什麼獎賞？」

「我想沒有。」史卡基說。「民眾有協助警察的義務。你能否留下地址和電話號碼，以便有必要時，我們可以和你聯絡？」

女人留下她的地址和電話號碼，然後起身。

「唉，那就再見了。」她說，「你認為我會上報嗎？」

「很有可能呢。」史卡基鼓勵她。

他站起來，隨著她走到門邊。

「再見，非常謝謝你的幫忙，勞駕你了。」

等他關上門、坐回桌後，門又打開來。那女人把頭探進來。

「你知道嗎，沒錯！」她說，「他在騎上腳踏車之前，從外套裡拿出一樣東西，把東西放進一個盒子，那是一個厚紙板盒子，就放在腳踏車載物架上。我都給忘了。」

「哦？」史卡基說，「你有看到那是什麼嗎？那個他從外套裡拿出來的東西？」

「沒有，他背對著我。那個盒子大約這麼大，幾乎和載物架一樣大小，約四吋厚。我是在他後來騎車離開時看見的。」

史卡基再度向她道謝，葛隆格雷太太於是就走了，這次顯然沒有回頭。

然後他撥了飛艇終點站的電話號碼。

這本記事簿還是新的，他在封面上寫著：

「B・史卡基副組長」。

趁著等對方接起電話的同時，他在前面添了「首席」兩字。

10.

星期六下午一點剛過，馬丁·貝克和裴爾·梅森在往警局福利社的走廊上不期而遇。馬丁·貝克剛去工業園船塢逛了一趟。就如一般暑假期間的週六一樣，那裡一片安靜、荒涼。他一路走到暫時沒有船卸貨、充滿油污的碼頭邊，觀賞那片有如科幻小說場景的奇異景觀。奶油色的海水淤積在直線形沙堤中的池塘內，沙堤上，卡車和開鑿機的輪痕累累可見。自從大約十五年前他第一次來這個港口之後，這一帶竟然擴展了這麼多，他深感訝異。突然，他覺得饑腸轆轆——在剛吃過一頓豐盛晚飯的次日，這是一個令人高興的嶄新現象。過不了多久，他就可以再度擁有一副好胃口了，他很滿意地這麼想著。

他在烈日下加緊腳步趕回市中心，好奇警局的午餐菜單上會有什麼菜色。

梅森雖然不是特別餓，但他非常口渴。他婉拒了夏洛特·帕姆葛倫招待的飲料，但在坐進窒悶的車內之後，眼前卻不斷浮現邁茲·藺德手捧的紅色飲料，裡面還有冰塊吭吭響。這影像不斷在他眼前起舞，一時間，他甚至考慮開車回家，為自己調一杯雞尾酒，但念頭隨即一轉，此時喝酒未免過早，於是便作罷——到福利社喝杯冰蘇打就好。

才剛踏進福利社，馬丁・貝克就沒有先前感覺的那麼餓了，而且他對自己的胃腸還不是那麼有信心，因此只叫了一份火腿煎蛋、一顆番茄和一瓶礦泉水。梅森也點了同樣的東西。

把餐盤擺在桌子上之後，他們瞧見不遠處的班尼・史卡基正焦急地朝他們這個方向張望著。貝克隆和史卡基面對面而坐，背對著馬丁・貝克。貝克隆將餐盤推到一旁，正用食指要脅地指著史卡基。他們聽不見他在講什麼，但根據史卡基的表情判斷，貝克隆像是在對他訓話。

馬丁・貝克很快吃完煎蛋，走向貝克隆。他把手放在對方肩膀上，友善地說：「對不起，我要借用史卡基一下。我有幾件事得跟他討論討論。」

貝克隆似乎不太樂意，但也無從抗議。那個狂妄自大的斯德哥爾摩人，是警政署派下來指揮調查工作的，好像以為他們這裡無法自行處理似的。

史卡基顯然鬆了一口氣，他起身隨馬丁・貝克走開。梅森吃完他的餐點，也跟他們一起離開福利社。貝克隆的眼光跟隨著他們，一臉懊惱。

他們到梅森的辦公室，那裡還算涼爽、通風。梅森坐進旋轉椅裡，從筆筒拿出一根牙籤，撕掉包裝紙，插在嘴角。馬丁・貝克點起一根菸，史卡基則直接到走道對面的辦公室去拿他的記事簿。他在馬丁・貝克旁邊的椅子坐下，把記事簿放在腿上。

馬丁．貝克看見記事簿封面上的字，露出微笑。史卡基發覺到他在看什麼時，臉脹紅了起來，急忙遮住記事簿，然後開始報告新證人透露的情報。

「你確定她的姓是葛隆格雷嗎？」梅森發出疑問。

等史卡基報告完畢，馬丁．貝克說：

「你最好和飛艇上的工作人員核對一下。要是他與那個站在甲板上的男子是同一個人，他們應該也會看到那個盒子——如果當時他還帶在身上的話。」

「我打過電話了。」史卡基說，「看見他的那個女服務生今天沒上班。但她明天早上必須上船，所以到時我會去一趟，跟她談談。」

「很好。」馬丁．貝克說。

「所以你會講丹麥話囉？」梅森懷疑地問。

「有那麼難嗎？」史卡基睜大了眼睛說。

然後，輪到馬丁．貝克告訴他們莫姆打來的電話，還有他們的祕密同儕已大駕光臨。

「嗯，原來他叫包森。」梅森說，「我可能在電視上看過他。聽起來他跟我們這邊一個安全人員也很像。是個名叫皮森的情報人員，總是穿著那種樣子的套裝，打扮相當奇怪。我以為你已經知道他們出口鯡魚的生意，但我從來不知道還有武器交易。」

「其實也沒什麼好訝異的，」馬丁・貝克說，「那種事本來就不能讓太多人知道。」

梅森把牙籤對折，丟進菸灰缸。

「嘿，那個裸體的寡婦告訴我帕姆葛倫經營許多事業時，我心裡頭的確也閃過類似的疑問。」

「裸體寡婦？」馬丁・貝克和史卡基同時問道。

再從筆筒裡拿出一根牙籤後，梅森說：

「我本來是想說快樂的寡婦。但是她既不快樂，也不悲傷，似乎對什麼都很漠然。」

「可是，你是說裸體。」馬丁・貝克說。

梅森把當天早上造訪帕姆葛倫巨宅的經過重述一遍。

「她很漂亮吧？」史卡基說。

「不，我不認為。」梅森直率地說，接著轉向馬丁・貝克，「你不反對我去詢問藺德吧？」

「不反對。」馬丁・貝克說，「但我也很想見見他。再者，這個人可能需要我們兩個人才對付得了。」

梅森點點頭。過了一會兒，他說：「你相信關於政治動機的那套說法嗎？」

「當然，為什麼不？但我想再多知道一點帕姆葛倫在海外的活動。至於要如何取得那些情報，我不知道。邁茲・藺德可能對那部分並不熟悉——假設他的工作僅限於鯡魚公司的話。對了，那個丹麥人的職務是什麼？」

「我還不知道。」梅森說，「我們得去查出來。如果我們查不出來，默根生也一定知道。」

他們沉默地坐了一會兒。然後史卡基說：「兇手如果就是從卡斯特洛飛去斯德哥爾摩的那個人，我們就能判斷他是瑞典人。要是這件謀殺案有政治動機，那他一定是反對帕姆葛倫和羅德西亞、安哥拉、莫三比克等這些國家做生意；而如果他反對，那麼他一定是某種左翼狂熱份子。」

「你現在講的話就跟皮森一樣。」梅森說，「他在每株樹叢底下都可以找到一個極端份子。不過，當然啦，你講的也不無道理。」

「老實說，在和莫姆通話之前，我也曾有同樣的想法。這情況看起來太像政治謀殺。兇手的 *modus operandi* 非常奇特……」

馬丁・貝克突然住口。他用了和莫姆一模一樣的語詞，這讓他相當惱火。

「也許是，也許不是。」梅森說，「這邊的激進團體主要都集中在倫德市。我對他們略知一二，但大部分團體都相當平和。當然啦，『祕密警察』不這麼認為。」

「沒有跡象顯示兇手是本地人。」史卡基說。

梅森搖搖頭。

「但他還挺了解這個地方，」他說，「如果騎腳踏車那點沒有錯的話。」

「想想看，也許我們可以找出那輛腳踏車。」史卡基樂觀地說。

梅森注視他良久，然後又搖搖頭，善意地說：

「我親愛的史卡基，要追查一輛腳踏車……」

貝克隆敲敲門，而且不待回應就踏了進來。他勤快地擦著眼鏡。

「呦，在討論案子啊，原來如此。」他口氣不快地說。「或許各位先生能想到彈殼究竟跑哪兒去了。我們什麼地方都找了，連食物也查了。我甚至還把那盤馬鈴薯泥徹底清查過，但就是不見彈殼……」

「當然有彈殼。」梅森疲憊地說。

「可是他用的是一把左輪手槍。」馬丁·貝克和史卡基異口同聲說。

貝克隆露出一副好像剛被雷打到的表情。

週日早上，當班尼·史卡基在飛艇終站旁邊跳下腳踏車時，司普林格倫號正好駛進內碼頭，整艘船身剛剛穩定下來，正慢慢地滑向岸壁。

這天仍然豔陽高照。沒有多少人選擇搭乘這種十分近似飛機機艙的交通工具過海。十來個乘客從船艙爬出來，匆忙走過踏板，穿過船站，搶搭唯一一輛停在站邊的計程車。

史卡基在踏板旁邊等著。五分鐘後，一個穿著服務生制服的金髮女郎走上甲板。他朝她走去，自我介紹，並出示自己的警察證。

「可是我已經跟警察說過關於那個人的事了。」她說，「哥本哈根的警察。」

史卡基驚喜地發現她會講瑞典語，只是當然有一股明顯的丹麥腔。

「是的，我知道。」他說，「但有一些事情他們沒問你。你有沒有注意到，上週三晚上站在甲板上的那個男子，是不是帶著什麼東西？」

女服務生咬著下唇，皺起眉頭。最後，她遲疑地說：

「有，有，現在經你一提，我想起來了……嗯，等等，他是不是帶了一個盒子，黑色厚紙板盒子，大約這麼大？」她用雙手大略比劃了一下大小。

「等他下甲板坐下來的時候，你有沒有看到他手上是不是還有盒子？或者，在他上岸的時候？」

她想了一會兒，堅定地搖頭。

「我不記得了。真的不知道。我只看到他站在甲板上那時，盒子還在他的臂彎底下。」

「還是很感謝。」史卡基說，「這是一個很有價值的情報。自從和哥本哈根的警察談過之後，你還有想到有關那個男子的其他事情嗎？」

她再度搖頭。

「沒有，沒有了。」她說。

「沒有了嗎？」

她投給他一個職業性的微笑，說：「沒有，就這些了。如果你不介意，我現在還得去準備下一趟航行的東西。」

史卡基騎腳踏車回到大衛廳廣場，走進警局辦公室。他其實已經下班了，但現在已經將近十一點——是打給莫妮卡的時間。

他比較喜歡從辦公室打給她，而不是從家裡。其一是考量到電話費，他在家裡不敢講那麼久；其二，他講電話時，房東太太常常很好奇。他不喜歡在和莫妮卡通電話的時候受到打攪。她也下班了，獨自待在和同事合租的公寓裡。電話談了將近一小時，可是有什麼關係呢？警察局付得起啊。或者，更正確地說，納稅人付得起嘛。

等到掛斷電話，史卡基心裡想的已經是和維克多・帕姆葛倫謀殺案完全無關的事情。

11.

馬丁・貝克和梅森在週一早上八點再度於警局碰面。兩人的情緒都不太好；梅森顯得懶散、緩慢，缺乏幹勁，馬丁・貝克則是冷淡、陰沉，愁眉苦臉。

他們一語不發，各自翻閱著文件，但文件上也沒有任何令人振奮的消息。城裡除了越來越熱、人越來越少以外，星期天什麼事都沒發生。當他們告知晚報「調查現狀沒有改變」時，這個一用再用的空泛語句的確符合實情。唯一一件正面的事，就是史卡基從飛艇站那裡得到的模糊情報。

七月是個非常不適合進行警務調查的月份。如果加上天氣晴朗，那更是除了度假之外，做什麼都不適合。瑞典全國可說是舉國歇業，沒有任何機關還在運作，要想找個人，根本不可能，因為多數人要不是出國，不然就是在他們的避暑地點，不論是公務人員還是職業罪犯，幾乎毫無例外。而相對減少的值勤警力，也大多把力氣花在檢查三教九流的外國旅客，或是控制擁塞的高速公路交通。

馬丁・貝克願意付出珍貴的代價，只求和老同事米蘭德聊聊。四十九歲的米蘭德現在是斯德哥爾摩制暴組的偵查員，他最與眾不同之處，就是具備全瑞典警界最可靠的記憶力，能記得在職三十年間聽過的所有名字、日期、事件和相關內容。他從來不會忘記任何事物，而且很可能是少數能對帕姆葛倫這樁奇案提供建設性意見的人。但要找到米蘭德是絕無可能的。他正在度假中。一如往常，米蘭德一旦不工作，就會到他位在瓦恩德的避暑小屋，讓自己和外界完全隔絕。那裡沒有電話，而且沒有任何同事知道小屋的正確所在。他的嗜好是劈柴，但他決定將這個月的假期用來建造一間新的雙人用戶外廁所——總之，那是只有他和他那高大、醜陋的老婆才懂的設計。

再者，馬丁・貝克和梅森這星期原本都要去度假的；如今，他們的假期將延後到不可知的未來。對於這一點，他們的覺悟已明白反映在各自陰沉的表情上。

總之，如果可能，這個星期一得先處理一些訪查工作。馬丁・貝克打到斯德哥爾摩，應付了好幾個「如果」和「但是」的問題之後，才終於說服柯柏接下對漢普斯・波伯格和他祕書海倫娜・漢森的調查工作。

「我該問他們什麼？」柯柏洩氣地說。

「我也不清楚。」

「這整個調查工作是誰在負責？」

「我。」

「然後你不清楚？那我要怎麼查？」

「我要了解目前的情況。」

「我目前的情況嗎？很糟糕，我已經快中暑身亡了。」

「我們需要尋找動機，或者應該說，我們有太多選擇擺在面前。也許帕姆葛倫公司裡的現況能引導我們看到正確的那個。」

「嗯。」柯柏懷疑地回應，「這個姓漢森的祕書，長得漂亮嗎？」

「據說是。」

「好吧，那至少還有點值得期待。再見。」

馬丁·貝克差點就想說「等你的消息啊」，但在最後一刻忍了下來。

「再見。」他說完便掛斷電話。

他看看梅森說：「柯柏會處理斯德哥爾摩那邊的事。」

梅森點點頭說：「很好，他是個好人。」

柯柏不只是個好人。梅森對他的了解不及馬丁·貝克。

事實上，柯柏是馬丁·貝克唯一可以完全信任的人。他有良好的判斷力，而且能完全獨立作業。此外，他還十分具有想像力，做事很有系統，具備無懈可擊的邏輯能力。他們倆已經共事多年，彼此無須太多言語就能互相了解。

梅森和馬丁・貝克靜靜坐著，漫無目標地翻閱文件。

九點過後不久，他們倆站起來，到中庭去開梅森的車。

週一早晨的街道比較活絡，但也只花了梅森不到十分鐘就抵達維克多・帕姆葛倫靠近港口的瑞典總公司大樓。邁茲・蘭德這時間應該已經上班了。

梅森將車子停成完全違反交通規則的角度，並把遮陽板放下來，上面有一個長方形的厚紙板標誌，方方正正地印著「警察」兩字。

他們搭電梯上七樓，一踏出電梯，就是一間寬廣的會客室，鋪滿亮紅色的地毯，牆壁上貼著緞面壁紙。房間中央有一張矮桌，四周圍繞著舒適的扶手椅。桌上堆著一疊雜誌，大多是外國期刊，但也有幾本瑞典的暢銷雜誌。此外還有兩只大型水晶菸灰缸，一個裝著雪茄和菸的柚木盒子，一只黑檀打火機，和一個沉重的Orrefors玻璃花瓶，裡面插著一些紅玫瑰。一名大約二十歲的金髮接待小姐正坐在左邊一張長桌後方，檢查她油亮亮的指甲。她面前有一具對講機，兩具普通的電話，一個放著速記簿的金屬架，吸墨紙上有一支鍍金的鋼筆。

她有一副模特兒身材，穿著一件裙裾非常短的黑白洋裝。她的黑蕾絲絲襪紋樣別出心裁，腳踏一雙帶有銀扣環的精緻黑皮鞋。她的唇膏幾乎是白色的，眼皮塗滿粉藍色眼影。她戴著一對長長的銀耳環，有一口勻稱的白牙，黑色假睫毛底下是一對毫無智慧的湛藍色眼珠。她可說是毫無缺陷，馬丁·貝克心想，要是你喜歡這樣的女人的話。

女子以帶著指責和不快的眼光看著他們，然後用又長又尖的食指指甲點點面前那本預約簿上的一頁，用最純粹的斯堪尼省口音說：「你們一定是警察局來的吧。」

她瞧了一眼小巧的手錶，「你們早到了將近十分鐘。蘭德先生還在電話中。他正在和約翰尼斯堡通電話。請先坐一下。電話一結束，我會馬上通知你們。你們是梅森和巴克，對嗎？」

「貝克。」

「知道了。」她不在乎地說。

她拿起金筆在預約簿上隨便做了個小記號，然後再度打量他們，毫不掩飾眼中的不屑，接著朝有玫瑰、水晶菸灰缸和雪茄香菸的桌子比了個模糊的手勢。

「要吸菸請便。」她說。

就像牙醫說「漱口吧」一樣。

馬丁·貝克覺得不自在。他瞧瞧梅森，他穿著一件皺兮兮的襯衫，襯衫尾巴還露了出來，一條沒熨過的灰色長褲和一雙涼鞋。他自己也好看不到哪裡去，雖然昨晚他還把長褲放到床墊底下壓平。不過，梅森似乎完全不在意。他挑了一把扶手椅一屁股坐下，從胸前口袋拿出牙籤，翻閱了大約三十秒的《北歐事務》雜誌，然後聳聳肩，把雜誌丟回桌上。馬丁・貝克也坐下來，仔細檢視打開的柚木盒裡各色昂貴的香菸。接著，他取出自己的佛羅里達牌香菸，捏著濾嘴，擦了一根火柴。

他張望四周。女孩又回去瞻仰她的指甲了，房間裡極度安靜，現場有某種東西讓他感覺相當不舒服。過了一會兒，他了解為什麼了——原來那些門是看不見的。門雖然就在那兒，但是和周圍壁紙的花樣融合得如此完美，來人確實得費一番功夫才找得到。

時間分秒流逝。梅森漫不經心地嚼著他的牙籤，馬丁・貝克捻熄香菸，又點了一根，然後起身走到鑲在牆裡、充滿閃亮綠水的一座大水族箱旁。他站在那裡觀看顏色俗艷的魚隻，直到對講機一聲低鳴才打斷他的思路。

「蘭德先生現在可以見你們了。」接待小姐說。

一瞬間，一道掩飾得很好的門打開來，一個年約三十五歲的黑髮女子示意他們進門。她的動作快速而明確，表情沉穩。典型的執行祕書，馬丁・貝克心想。如果這裡有什麼是真正的工作，她大概就是辦事的那個人。梅森站起來，以穩重而悠閒的步伐領先走進去，他們穿過一間小房間，裡面擺著一張小書桌、電動打字機和檔案櫃，靠牆的架子上排滿許多檔案夾。

黑髮祕書一言不發，又打開另一扇門，握著門把，等他們進入。一踏進去，馬丁．貝克更覺得他們兩人粗大笨拙、教養不佳，走錯了地方。

梅森朝桌子直直走去，而桌後的邁茲．蘭德則帶著哀戚卻和善有禮的笑容站了起來。在這短短的瞬間，馬丁．貝克觀察了三樣東西——窗外景觀、室內擺設，以及他們來此會面的這個男子。

馬丁．貝克有一種能在短時間內掌握情勢的能力，而且自覺這是他從事警職最大的長處。在梅森抽出嘴裡的牙籤，放進銅製菸灰缸，並和蘭德握手之際，他有時間吸收周遭訊息。

從觀景大窗看出去的風光十分壯麗。底下就是碼頭，應該說，數個碼頭。那裡交通頻繁，有成群的貨船、客船、拖船、起重機、卡車、火車和成排的貨櫃。港口外就是海灣和丹麥。這整片風景有如水晶般清澈。他一眼望去，至少看見二十艘船，其中有幾艘客船正要開往、或從哥本哈根返回。這景致比他從旅館窗口看到的要壯觀多了，雖然他旅館的景觀也相當不錯。現在他只需要一副好的望遠鏡。

房間擺設中就有一副德國Zeiss航海望遠鏡。望遠鏡擺在一張大型鋼製辦公桌右邊。辦公桌的擺放位置正好讓蘭德背對著一面沒有窗戶的牆，牆面上掛著一張放得很大的照片，當中是一艘位在深海上的漁撈船，乾舷上濺著水沫，船首湧起一大捲浪花。沿著右舷邊緣，站著一排頭戴防水帽、穿油布雨衣的男人，正要拉起漁撈網。這種對比十分刺眼。一邊的人正掙扎著在海上賣命討生活，另一邊的人卻安坐在寧靜的豪華辦公室裡，而後者的財富卻是靠前者受苦受難得來的。雖然這個對比十分刺眼，但會產生如此效果可能是無心插柳而成。犬儒主義總要有個限度吧？與之相對的那面牆上，掛著三幅分別是馬諦斯、夏卡爾和達利的畫作。房間裡還有兩張給訪客坐的皮椅，一張會議桌，周圍擺著六張紫檀直背式座椅。

根據警方的資料，邁茲・蘭德現年三十歲。他的外表完美地符合他的年紀和職位。他高大瘦長，體格勻稱，有一雙棕色眼眸，頭髮整齊旁分，瘦臉的輪廓明顯，下巴線條堅毅，穿著十分穩重。

馬丁・貝克看看梅森，覺得他看來越形汗流浹背和邋遢。

他自我介紹，並和蘭德握手。

他們在皮質扶手椅上坐下。

辦公桌後面的男子兩肘抵著桌面，十指指尖互相點壓著。

「好，兇手抓到了嗎？」

梅森和馬丁・貝克同時搖頭。

「那麼，我可以幫兩位先生什麼忙？」

「帕姆葛倫先生是否曾和什麼人結怨？」馬丁．貝克問。

這是個簡單得可笑的問題，但總得有個開始。然而，蘭德似乎以過度慎重的態度接下了這個問題，謹慎思考著答案。最後他說：

「像維克多．帕姆葛倫這樣，事業做到這等規模，要不樹敵，恐怕很難。」

「你想得到什麼特別的敵對人物嗎？」

「太多了。」蘭德淺笑著說。「兩位先生，商業圈是很難搞的。像目前這種信用市場，根本沒有空間談慈善或感情。大多時候只是我殺人、或是人殺我的問題而已——我是說，就經濟觀點來看。但是……」

「嗯？」

「但是在商界，我們是用別的辦法，而不是靠持槍相向解決問題。因此，我相信，我們大可不必假設有一個意料之外的競爭者，會採取持槍走進第一流旅館的餐廳，用這種方式私下了斷。」

梅森動了一下，彷彿想起什麼，但他什麼也沒說。馬丁．貝克不得不繼續主導這場交談。

「你知不知道射殺你老闆的人可能是誰？」

「我沒有真的看到他，部分原因是我就坐在維奇——他親近的朋友都這麼稱呼他——的旁邊，因此，我背對著兇手。還有一部分原因是，我一開始根本不知道發生什麼事。我聽到槍聲，不是很響，而且好像也不是特別嚇人，接著維奇就朝前倒在桌上。我立刻站起來，探身過去看，花了幾秒鐘才知道他受了重傷。等我轉過身，兇手已經不見人影，而餐館人員則從四面八方趕來幫忙。事發當晚我就把這些都告訴警方了。」

「我知道。」馬丁・貝克說，「也許我沒有把話說清楚。我的意思是，對於哪一種人可能涉嫌，你有沒有任何看法？」

「瘋子吧。」邁茲・蘭德毫不遲疑地回道，「只有心理有障礙的人，才可能做出這種事。」

「那麼，帕姆葛倫先生只是被隨機挑中的受害者？」

對方考慮了一下，再度露出淺笑說：「那是警方應該查出來的問題。」

「據我所知，帕姆葛倫先生從事的國外生意相當多？」

「是的，沒錯。他的經商範圍廣泛多樣。我們這裡負責的是最早期的事業——替罐頭業進出口魚隻。這家公司是老帕姆葛倫創辦的，也就是維克多的父親。我太年輕了，不認識他。至於其他國外買賣，我知道的實在很少。」他停頓一下，接著補充說，「但現在我似乎很有可能得開始熟悉這些事務。」

「誰必須接掌……這類事情的主要責任？」

「我想是夏洛特吧，她應該是唯一繼承人。他沒有任何子女或其他親人。但公司的律師必須先釐清這一點。公司的首席律師不得不匆促結束假期，在週五晚上回來，他從那時起就一直在和助理群研究相關文件。我們這裡目前還是一切照常運作。」

運作？馬丁．貝克心裡嘀咕。

「你會成為帕姆葛倫先生的接班人嗎？」梅森突然插嘴。

「不會，」蘭德說。「事實上，我不會這麼說。再者，我的經驗和才能也不足以管理這樣的商業王國——」

他突然止住，但梅森沒有繼續追問，馬丁．貝克也沒說什麼。倒是蘭德自己接著又說：

「我很滿足自己目前在這裡的職位。而且，我可以向你保證，即使是這部分的生意，也是需要花點功夫的。」

「鯡魚是門好生意嗎？」馬丁．貝克說。

對方露出滿面笑容。

「啊，我們經手的不只鯡魚。總之，我可以保證本公司的財務狀況非常穩健。」

馬丁．貝克覺得有必要嘗試一條新的攻擊路線。

「我猜你和當天出席宴會的每個人都很熟。」

他想一下，然後說：「對，除了波伯格先生的祕書。」

他的表情是不是帶了些憎惡？馬丁・貝克覺得當中必有蹊蹺，於是繼續進攻。

「波伯格先生是不是比你老，無論就年紀或在帕姆葛倫企業的年資來說？」

「對，他大概四十五歲。」

「四十三歲。」馬丁・貝克說，「他替帕姆葛倫工作多久了？」

「從五〇年代開始到現在，大約十五年了。」

邁茲・蘭德顯然不喜歡這個話題。

「但你的職位還是比他占盡優勢，不是嗎？」

「那得看你所謂的『占盡優勢』是什麼意思。波伯格派駐在斯德哥爾摩，他是那邊房地產公司的副總裁，他也掌管一些投資事務。」

蘭德的表情透露出強烈的不滿。好，我們得繼續追蹤這條線索，馬丁・貝克心想，遲早能讓這個傢伙說溜嘴。

「但情況似乎相當明顯，帕姆葛倫先生對你比對波伯格有信心。波伯格已經為他工作了十五年，但你才做了……對了，你做了幾年了？」

「快五年了。」邁茲・蘭德說。

「帕姆葛倫先生不信任波伯格嗎？」

「太過信任了。」蘭德才一說完，就把嘴唇抿得緊緊，彷彿想收回方才的回答，將之抹除。

「你認為波伯格不可靠嗎？」馬丁．貝克立即追問。

「我不想回答這個問題。」

「你和他之間有過爭執嗎？」

蘭德坐在那裡默不作聲一段時間。似乎在衡量情況。

「有。」他終於說。

「這爭執是關於什麼？」

「純粹是私人事務。」

「你認為他對公司不忠嗎？」

蘭德不講話。無所謂，因為原則上他這樣也算是回答了。

「那麼，我們得和波伯格先生談談這點。」馬丁．貝克隨口回道。

坐在桌後那個男子從內口袋拿出一根又長又細的雪茄，撕掉外包裝的玻璃紙，小心地將之點燃。

「可是我不明白，這和我老闆的謀殺案有什麼關係？」他說。

「可能根本沒有關係。」馬丁・貝克說，「但那得看後續情況。」

「還有什麼兩位先生想知道的事情嗎？」蘭德吞雲吐霧地問。

「你們在週三下午有過一場會議，是嗎？」

「是的，沒錯。」

「在哪裡？」

「這裡。」

「就在這房間？」

「不是，在會議室。」

「那是關於什麼事情的會議？」

「內部事務。我不能提供更詳細的內容，就算我可以，也不願意。這麼說吧，帕姆葛倫先生要離開一陣子，他要一份斯堪地那維亞這邊的現況報告。」

「他在會議中有沒有做任何批評？有沒有發生什麼讓帕姆葛倫先生不高興的事情？」

他稍作遲疑才回答：「沒有。」

「或者你認為，應該有一些批評才算合理？」

蘭德沒有回答。

「你反對我們去找漢普斯・波伯格談談嗎？」

「正好相反。」藺德喃喃地說。

「對不起，我沒聽到你說什麼？」

「沒什麼。」

隨後是一陣沉默。馬丁・貝克心想，他大概沒辦法繼續再循這條路線追究了。這當中一定有什麼不可告人之事，但沒有跡象顯示這和謀殺案有任何關係。

梅森似乎十分泰然自若，而藺德則等著看他們的下一步。

「總而言之，情況似乎相當清楚。帕姆葛倫先生對你比對波伯格更看重。」馬丁・貝克彷彿只是在陳述一件明顯的事實。

「有可能。」藺德冷淡地回應，「可是無論如何，這和他的死扯不上任何關係。」

「這我們就得看情況了。」馬丁・貝克說。

對方的眼睛閃了一下。他顯然快要隱忍不住心中的憤怒。

「好了，我們已經占用你許多寶貴時間。」馬丁・貝克說。

「對，確實如此。不瞞你們說，這個談話越快結束越好；對你們，對我，都一樣。我看不出再這樣討論下去有什麼幫助。」

「那麼，我們這就離開了。」馬丁・貝克作勢要站起來。

「謝謝你們。」藺德說。

他的口吻充滿了譏嘲意味，而且極具戒心。

梅森這時候坐直身子，緩緩地說：「如果不介意，我想問你幾個問題。」

「例如？」

「你和夏洛特・帕姆葛倫是什麼關係？」

「我認識她。」

「你和她多熟？」

「那是我的私事。」

「那當然，很正確。但我還是希望你回答這個問題。」

「什麼問題？」

「你和帕姆葛倫太太有染嗎？」

藺德瞪著他，眼光冰冷，而且極度不悅。

經過一分鐘的沉默，他在菸灰缸裡搓熄了雪茄，說道：

「是的。」

「戀愛關係？」

「性關係。用警察也聽得懂的話來說，就是我有時候會和她上床。」

「持續多久了？」

「兩年。」

「維克多．帕姆葛倫知道嗎？」

「不知道。」

「如果知道的話，他會做何反應？」

「我不知道。」

「他應該會反對吧？」

「我不確定。夏洛特和我都是很開放的人。我們不在乎禮教約束。維克多．帕姆葛倫也是那樣的人。再說，他們的婚姻與其說是感情的承諾，倒不如說是基於實際的安排還比較貼切。」

「你最近一次見到她是何時？」

「夏洛特？兩個小時前。」

梅森伸手到胸前口袋挖出另一根牙籤。他檢視一下牙籤，說道：「她的床上功夫如何？」

邁茲．蘭德瞠目結舌地瞪著他。最後他說話了：「你神經病啊？」

他們站起來說再見，但沒有得到任何回答。那個高效率的黑髮祕書把他們送到會客室，外面櫃台的金髮小姐正對著桌上其中一支電話竊竊私語。

等坐進車子後，梅森說：「聰明的小子。」

「的確。」

「聰明到知道馬腳快要露出來時得說實話。我打賭帕姆葛倫有很多地方用得上他。」

「邁茲・藺德顯然有名師調教。」馬丁・貝克說。

「他有聰明到不去開槍殺人嗎？那才是問題。」梅森說。

馬丁・貝克聳聳肩。

12.

萊納．柯柏不知道該轉向哪一條路。

他獲派的這份工作既煩人又沒意義，他完全沒料到事情會變得這麼複雜。原以為只要去訪問幾個人，和他們談一談，就完事了。

將近十點時，他離開瓦斯貝加南區警局，局裡一片平靜，這大半是因為人手短缺。然而，他們的工作可沒短缺。各種各樣的犯罪，正在這個福利國家的沃土上如火如荼地進行。這種現象十分令人不解——至少對負責治安的人員和身繫重責、要使社會穩定的專家而言是如此。

在壯觀的地形背後，和狀似現代的亮麗表面下，斯德哥爾摩已經成為都市叢林，吸毒和性犯罪問題從未像如今這般猖獗。狂妄的奸商可以合法利用最無恥的色情行業賺取龐大利潤；職業罪犯不但數目增加，而且組織更加精良。社會上也創造出一批貧困的無產階級，尤其是老年族群。通貨膨脹讓本地成為全世界生活開銷最昂貴的地區之一，而最新的調查顯示，許多仰賴退休金生活的人，若不想入不敷出，只能以狗食或貓食維生。

事實上，少年犯罪和酗酒問題（後者向來存在），對常人而言一向不令人意外，唯獨政府和內閣的高層人士搞不清楚狀況。

斯德哥爾摩。

柯柏出生、長大的城市，舊跡已經所剩無幾。在市府計劃人員的核准下，房地產投機商人的推土機和交通專家的開路機，摧毀了大多數值得瞻仰的老屋宅。而今少數殘留的文化遺產看起來無不落魄。這座城市的特徵、氣氛和生活形態都已消失殆盡，或說，改變了，而想要力挽狂瀾並非易事。

同時，在市政府中，因人手短缺導致工作過量的警察單位，磨損的吱嘎聲日益增大——雖然，這其實還有其他更重要的原因。與其招攬更多警員，更重要的反而應該是招攬素質好的警員。但似乎沒有人考慮到這一點。

萊納・柯柏這麼想著。

他花了好一段時間才找到漢普斯・波伯格管理的國民住宅。該區坐落在很遠的南邊，那地方在柯柏小時候算是鄉下，是學校遠足常去的地方。該處看起來和許多近年來興建的出租公寓十分相似。幾棟孤立的公寓大樓，迅速、草率地拼裝在一起，唯一目的就是替地主賺取最大利潤，同時，也促使不得不入住的不幸居民，有了最不愉快和最不舒適的居住環境。多年來，由於人為因素炒作出來的房屋短缺，就算是這樣的公寓也有人爭相搶奪，房租則是貴到幾近天文數字。房地產辦公室應該都占據了大樓最好的單位吧，也就是說，最用心建造的部分。然而，即使是辦公室所在之處，也到處可見濕氣滲透，門柱歪扭得都和水泥牆分家了。

但是依柯柏的觀點，現場最令人失望的地方是，他找不到漢普斯·波伯格。

除了波伯格那間陳設相當高級的寬敞辦公室之外，裡面還有會議室和兩間小房間，各由一名管理員和兩名女雇員使用。第一位女雇員大約五十歲，另一位則是個可能連十九歲都還不到的女孩子。

比較年長的那女人看起來真像個妖怪，柯柏猜想，她最主要的職務，大概就是對房客威脅撵人和拒絕維修。那女孩則是又笨拙又醜陋，滿臉粉刺，看起來像是被恫嚇慣了。管理員則是一副已經認命的樣子。他做的一定是些沒有人感謝的工作，像是負責維持水槽和馬桶的基本暢通。

柯柏暗自假設，他應該要找那個妖怪談。

不，波伯格先生不在。從上週五下午就沒進來過；上次來時，他只在辦公室裡待了大約十分鐘，接著就提著公事包離開了。

不，波伯格先生沒說什麼時候會再來。

不，那兩個女人無一叫海倫娜・漢森，她們也沒聽過有誰是叫那名字的。

總之，波伯格先生在城裡確實還有另一間辦公室。確切地說，在康斯哥坦路。他和漢森小姐應該會在那裡。

不，帕姆葛倫先生本人並不過問住宅區的管理問題。自從這區域四年前建起來之後，他也只來過兩次，兩次都有波伯格先生陪同。

她們在這個辦公室的工作是什麼？當然是收房租和監督房客守規矩啦。

「這工作一點都不好做啊。」妖怪口氣辛辣地說。

「好，我大致了解了。」柯柏說完便離開了。

他上了車子，往北駛向斯德哥爾摩。

他經過史卡瑪布林區，那裡離他家非常近，害他很想回家。他的家人在那裡——他快兩歲的女兒波荻、最重要、而且越來越漂亮的葛恩，她讓他越來越無法抗拒。柯柏是感官主義者，因此，他很謹慎地挑了一個能符合他嚴格標準的妻子。

然而，在深深嘆了一口氣，用襯衫袖子抹去額頭上的汗水之後，他還是硬起心腸，繼續開往斯德哥爾摩市中心。他把車子停在國王街後下了車，走進大樓入口，去查核自己確實來對了地方。

根據大樓名錄，大樓裡大部分是影片公司和法律事務所，但也有他要找的機構。四樓的位置列出的不只是「漢普斯．波伯格公司」，還有「維克多．帕姆葛倫借貸與金融公司」。

柯柏搭乘吱嘎作響的老電梯上樓，發現兩間公司的名牌都貼在同一扇黑褐色的門上。他探手抓門把，發現門鎖著。雖然有門鈴，但他不予理會，積習難改地用拳頭大力敲門。

一個女人打開門，棕色的大眼睛看他，說：「搞什麼鬼？」

「我要找波伯格先生。」

「他不在這兒。」

「你的名字是海倫娜．漢森嗎？」

「不是。你是誰？」

柯柏整衣斂容，從後口袋抽出他的警證。

「對不起。」他說，「一定是因為天氣太熱了。」

「原來如此。你是警察。」

「對。敝姓柯柏。我可以進來一下嗎？」

「當然。」女人往旁退開一步。

了。

他走進去的房間看起來就像一間尋常的辦公室，有桌子、檔案夾、打字機、檔案櫃，以及所有平常的辦公設備。從一扇半開的門可看見另一間房間，那顯然是漢普斯・波伯格的私人辦公室。他的房間比祕書的小，但比較舒適，而且似乎整個空間都被一張桌子和一座大保險櫃占滿了。

柯柏還在四下張望時，女人鎖上了門，質疑地看著他說：

「你為什麼要問我，我是不是叫做漢森？」

她大約三十五歲，身材苗條，暗色的髮膚，有著一雙濃眉和一頭短髮。

「我以為你是波伯格先生的祕書。」柯柏漫不經心地說。

「我確實是波伯格先生的祕書。」

「呃，這麼說……」

「但我不姓漢森，」她接著說，「而且也從來沒姓過這個姓。」

他斜眼窺探，發現她左手無名指上戴著兩只寬邊的金戒指。

「那麼你叫什麼名字？」

「莎拉・莫柏格。」

「上週三，帕姆葛倫先生遭人槍殺那時，你人不在馬爾摩？」

「當然不在。」

「我們聽說當時波伯格先生在馬爾摩，而且他的祕書也隨行。」

「如果那樣，那不是我，我從來不陪他出差。」

「那個祕書姓漢森。」柯柏堅持，並從長褲口袋掏出一張擠得都翹起角的紙條。他盯著紙條說：「海倫娜·漢森小姐。這上面是這麼說的。」

「我不認識有誰叫那個名字。再說，我已經結婚，是兩個孩子的媽。就像我剛才說的，我從來不陪同出差的。」

「那這個漢森小姐是誰？」

「不知道。」

「會不會是其他分公司的職員？」

「總之，我從來沒聽過這個人，」女人目光銳利地看著他說，「直到目前為止。」她接著曖昧地補上一句，「當然啦，是有那種所謂的旅行祕書。」

柯柏放棄這個話題。

「你最近一次看到波伯格先生，是什麼時候？」

「今天早上。他在十點過後不久進來，在他的辦公室裡待了大概二十分鐘就離開了。我想應該是去銀行。」

「你認為他現在在哪裡？」

朝時鐘望了一眼之後，她說：「可能在家裡。」

柯柏看看他的紙條。

「他住在林汀島，對嗎？」

「是，在柴得瓦街上。」

「他結婚了嗎？」

「結婚了，他們有個十七歲的女兒。但他女兒和太太不在家，她們去瑞士度假。」

「你確定？」

「確定，是我親自幫她們訂的機票，上星期五。一定是很快的決定，因為她們在訂票當天就走了。」

「自從上星期三發生馬爾摩那件事之後，波伯格先生還是如常工作嗎？」

「哦，沒有。」她說，「沒有，幾乎可說沒有。星期四，這裡的氣氛非常凝重。你知道，那時我們完全不知道確實的情況。到了星期五，我們得知帕姆葛倫先生死了。波伯格先生週五那天待在這裡大概才一個小時。然後，今天，就像我剛說的，他才來大約二十分鐘。」

「他有沒有說什麼時候會再來？」

女人搖搖頭。

「通常他會待得比較久嗎？」

「嗯，是的，他大部分時間都在這裡，坐在他的辦公室裡。」

柯柏走向裡面那扇門邊，瀏覽漢普斯．波伯格的辦公室。他注意到桌上有三具黑色電話，保險櫃旁還立著一只高級皮箱。皮箱不大，是豚革材質，有兩條皮釦從頂上扣住，看起來是全新的。

「波伯格先生星期六或星期日有沒有來過？」他問。

「呃，有人來過這裡。我們星期六不開門，所以我和平常一樣週末不上班。但是今天早上進來時，我馬上就注意到有人搬動過東西。」

「除了波伯格先生，還有可能是其他人嗎？」

「不太可能。只有我們倆有這地方的鑰匙。」

「你認為他今天會再來嗎？」

「不知道。也許他去銀行，然後就回家了。很有可能。」

「林汀島。柴得瓦街。」柯柏低聲呢喃。

那裡離他家更遠了。

「再見。」他突然說道，接著就走了。

此時車子裡熱得不得了，前往林汀島一路上他汗流浹背。

柯柏駛過華旦河上的陸橋，看見富里罕南港裡的大船，還有數百艘遊艇載滿正在日光浴的半裸遊客。他心想，這樣跑來跑去，實在有如白癡，他應該待在辦公室裡，打電話叫這些人來瓦斯貝加警局就好。可是，那樣一定沒有人會來，然後他會因此大發雷霆。再者，馬丁・貝克曾說這是緊急事件。

林汀島柴得瓦街上的房子雖然稱不上超級豪華，但和他先前拜訪過的破舊國民住宅仍然有如天壤之別。至少這裡的居民不至於不幸到得忍受帕姆葛倫或波伯格這種人的壓榨。寬大、昂貴的平房羅列在街道兩旁，還附有修剪整齊的草坪。

漢普斯・波伯格的房子看起來門窗緊閉，死氣沉沉。車庫門前有車胎痕跡，但是等柯柏從旁邊的小窗戶往裡窺探時，他發現車庫內卻是空空如也。所有跡象都顯示，不久前才有兩輛車子停在那裡。他又按電鈴又敲門，但都無人回應，幾扇大窗戶後面的百葉窗都放了下來，所以也看不見屋內是什麼樣子。

柯柏氣喘吁吁地走到隔壁那戶。隔壁的房子比波伯格的大，也比較新；門上的姓氏是屬於某個貴族家庭的，至少，看起來有貴族味道。

他按下門鈴，一個高大的金髮女子前來開門。她的表情很冷淡，而且姿態非常有貴族氣派。

等他自我介紹一番之後，她不屑地瞄著他，完全沒有要請他進門的意思。

等他解釋完此行的任務以後，她冷冷地說：「我們可沒有窺伺鄰居的習慣。我不認識波伯格先生，也沒辦法幫忙。」

「那真不幸。」

「也許對你而言吧，對我可不。」

「那就算我打攪你了。」柯柏說。

她上下打量他一番，然後問了一個很唐突的問題：

「告訴我，是誰派你過來的？」

她的口氣和清澈的藍眼都流露出狐疑的神色。這女子大約在三十五到四十歲之間，保養得非常好。她的容貌讓他依稀想到某個人，但就是想不起那是誰。

「好吧，再見了。」他沒精打采地說，並且聳聳肩。

「再見。」她斷然回答。

柯柏坐進車內，又把紙條拿出來看。

海倫娜・漢森曾留下一個伐沙斯區西脊路的地址和一個電話號碼。柯柏開車到位於里中華街的林汀島警察局，裡面有幾個便衣警察，正邊用紙杯喝著冷飲，邊為幾張該星期的賭金彩券傷腦筋。

「你知不知道『前進第凡特』是什麼？」其中一個問。

「不曉得。」柯柏說。

「『少年仔』呢？」

「再說一次，什麼名字？」

「『前進第凡特』和『少年仔』。他們是足球隊，都參加合作杯的比賽。但我們不知道他們是哪裡來的隊伍。合作杯，這你曉得吧。」

柯柏聳聳他肥厚的肩膀，足球是他最沒興趣的事物之一。

「『前進第凡特』一定是從第凡特來的。」他說，「那是一個荷蘭的城市。」

「媽的。警政署凶殺組的人就是會曉得這些東西。你認為他們夠強嗎？」

「其實我只是來借用一下電話。」柯柏疲憊地說。

「請便。隨便要用哪支都行。」

柯柏撥了海倫娜・漢森的電話號碼，得到電話故障的訊號。他接著打給電話公司，對方說那個號碼已經是空號。

「你知道任何有關漢普斯．波伯格的事嗎？」他問兩個在下賭注的警察。

「當然知道，他就住在柴得瓦街。要過他那樣的生活，非得錢多多才行。」

「我們這邊只有那一類的高級人士。」另一個警察說。

「你有沒有為了什麼事和他交涉過？」

「沒有。」另外那個警察說，並又倒了一些羅蘭佳橘子水。「我們在這裡只是維持秩序而已。」

「這裡不是斯德哥爾摩。」第一個人語帶惡意地說。

「這裡要是有任何犯罪，也都是高級案件。這裡的人不會拿著斧頭胡亂砍人，也不會隨便哪個樹叢底下就窩藏著一個老流浪漢或吸毒小鬼。總之，我想我們就賭這個『前進第凡特』好了。」

他們已經沒興趣再去搭理柯柏。

「再見。」他鬱悶地離開。

在開往斯德哥爾摩伐沙斯區那條長路上，柯柏想著，即使是林汀島那種地方，在光鮮的表面下也不乏犯罪事件。唯一差別，不過是那些有錢人比較容易隱藏他們的骯髒事。

西脊路上那棟公寓大樓沒有電梯，他得走上五層樓。這大樓十分破舊，一如往常，房東無意照顧。鋪著瀝青的中庭裡，又大又肥的老鼠在垃圾桶間竄來竄去。他四處隨便按門鈴。有好幾次，門打開來，各式各樣的人探出頭來，目光警覺地瞪著他。

這裡的人怕警察，他們應該有充分的理由如此。

他沒找到海倫娜・漢森。

沒有人知道是否有一個、或曾經有一個叫這名字的人住在這裡。顯然，向警察提供情報不是什麼受歡迎的消遣活動，再說，住在這種公寓裡的人彼此通常也不熟悉。

柯柏站在外面的大街上，用那條已經沾了好幾個小時汗水的手帕抹抹臉。

他想了幾分鐘。

他決定放棄，回家。

一小時後，他太太問：「萊納，你看起來怎麼沮喪成這樣？」

他已經沖過澡，吃過東西，和她做過愛，然後又沖了一次澡，此時正圍著浴巾坐在那兒喝冰啤酒。

「因為我覺得很沮喪。」他說，「這是什麼鬼工作……」

「你應該辭職。」

「沒那麼簡單。」

柯柏是警察，而且他仍然情不自禁地想當個好警察。總之，那股驅力已深植在他靈魂深處，那就像是一個負擔，不知道出於什麼理由，他就是非承擔不可。

他從馬丁．貝克那裡得到的指示很簡單——只是例行工作，但現在這例行工作卻搞得他無技可施。他皺起眉頭說：「葛恩，什麼是旅行祕書？」

「通常是應召女郎，隨身攜帶一個裝了睡袍、牙刷和避孕藥的皮箱。」

「那麼，根本就是妓女嘛。」

「對，專門服務那種懶得在出差當地找女人的生意人。」

經過一番思考，他明白他需要支援。然而他無法從瓦斯貝加警局得到援助，因為在這度假時節，他們極度缺乏人手。

一會兒之後，他嘆了一口氣，走去電話旁邊，撥給位在國王島街的斯德哥爾摩警局。

偏偏接電話的人是他最不想交談的對象。

剛瓦德．拉森。

「我好嗎？」對方悶悶不樂地說。「你要不要聽聽看？捅刀子、打架、搶劫，還有迷幻藥吃得不知天南地北的瘋癲外國人，案子多得快積到我脖子上了。而這裡簡直就像鬧空城。米蘭德去了瓦恩德，隆恩上週五晚上回去阿耶普洛，史托葛林跑去西班牙馬瑤卡。這種大熱天，大家倒好像比平常還蠻橫，完全喪失判斷力。你他媽的要幹什麼啊？」

柯柏很討厭剛瓦德・拉森。在他看來，拉森只是個虛榮、矯飾的大笨蛋。至於說剛瓦德・拉森的判斷力，那句話是怎麼說的？「早在搖籃時期就弄丟了」。

柯柏心裡這樣想，但他大聲說：「呃，是關於帕姆葛倫的案子。」

「我不想跟那個案子有任何瓜葛。」剛瓦德・拉森立刻答道。他為了那個案子已經受夠麻煩了。

雖然如此，柯柏還是把他令人沮喪的故事覆述一番。

剛瓦德・拉森時而報以不耐煩的嘟噥聲，其間還有一次插話說：「光是坐在那裡抱怨，對自己沒有什麼好處，而且那不關我的事。」

但這當中一定有什麼引起了他的興趣，因為等柯柏講完之後，拉森說：

「你是不是說林汀島的柴得瓦街？門牌號碼幾號？」

柯柏把號碼重覆說了一次。

「嗯。」剛瓦德・拉森說。「也許我能幫你點忙。」

「那真是勞駕你了。」柯柏強迫自己說。

「說真的，我不是為了你才這麼做。」剛瓦德．拉森像是刻意這麼說。

他確實是說真的。

柯柏好奇，他怎麼會突然感興趣。慷慨助人並非剛瓦德．拉森的特質。

「至於這個姓漢森的婊子，」剛瓦德．拉森陰沉地說，「你最好去找風化組談談。」

「沒錯，這我倒是有想到。」

「嗯，那當然，不無這個可能。在馬爾摩第一次被詢問時，她一定要出示身分證明，但她或許臨時謊報了一個假地址。因此，很可能她的姓名確實是海倫娜．漢森。」

柯柏早就想到了這一點，但他克制自己進一步的答辯。

他掛斷電話，立刻又撥了一個號碼。

這一次，他要求風化組的烏莎．托瑞爾來聽。

13.

一通完電話，剛瓦德·拉森就下樓上了車，直接開去林汀島。

他的臉部肌肉緊繃，帶著一抹奇異陰冷的笑容。

他看著自己握在駕駛盤上一雙毛茸茸的大手，滿足地咯咯竊笑。

抵達柴得瓦街後，他對波伯格的房子只輕瞄了一眼，那房子看起來和先前一樣空蕩無人。接著，他走向隔壁那棟房子，按下門鈴。開門的正是數小時前粗魯攆走柯柏的那個冷淡的金髮女子。

一看清楚門階前這個魁武的男人，她的態度為之一變。

「剛瓦德。」她驚愕地說，「怎麼……你怎麼有種到這裡來露臉？」

「哦，」他嘲弄地說，「真愛是永恆不滅的。」

「我已經超過十年沒看到你了，而且也很高興不必和你見面。」

「你的嘴巴還真甜！」

「去年冬天你的照片登上報紙，我全丟進壁爐裡燒光了。」

「你實在太可愛了。」

她狐疑地皺起金色的眉毛說：

「今天稍早過來的那個胖子，是不是你派來的？」

「老實說，不是。不過，我是為了相同的原因來的。」

「你一定是瘋了。」

「你這麼認為嗎？」

「反正，我也只能告訴你我跟他說過的答案。我不窺伺鄰居。」

「你不會嗎？喂，你到底要不要讓我進去？還是要等我把你這整扇他媽的紫檀木大門和石膏似的鑲板一併踢倒？」

「你應該羞愧而死，可是你大概臉皮厚到死不了。」

「你真是一天比一天進步。」

「唉，我寧可讓你進來，也不想讓你站在我家門口丟我的臉。」

她打開門，剛瓦德・拉森踏進去。

「你那個怕死老婆的丈夫上哪兒去了？」他問。

「蕭高德在參謀總長辦公室，他身負重責大任，而且現在非常忙。總長度假去了。」

「少放屁了。」剛瓦德．拉森說，「這十三年來，他都沒辦法馴服你咧。總之，你們在一起多久了？」

「十一年。」她說。「你檢點一點，我不是一個人在家。」

「是嗎？你也有愛人啦？初出茅廬的軍校學生，是不是？」

「你留點口德。是個老朋友順道過來喝茶。桑雅，也許你還記得。」

「不，我不記得，感謝老天。」

「她的際遇不是很順，」她輕輕碰一下她的金髮，「但她有個體面的職業，是個牙醫。」

剛瓦德．拉森沒說什麼，他跟隨她走進一間非常寬敞、華麗的客廳。一張矮桌子上擺了一套銀茶具，一個高大、苗條的棕髮女人坐在沙發上，正在吃一片英國餅乾。

「這位是我大哥，」金髮女人說，「也是我的不幸。他的名字叫剛瓦德，他是一名……警察，在當警察之前則是個惡棍。上次我見到他已經是十多年前，我們在那之前見面的次數也很少，而且每一次都相隔很久。」

「好了，少廢話。」剛瓦德．拉森說。

「就知道你會這麼說。你到底跑哪兒去了，比如說，爸爸還在世的最後那六年？」

「在海上。我在工作。這總比家裡的其他人強吧。」

「你把所有擔子都丟給我們扛。」她挖苦地說。

「可是，是誰把所有的錢全都刮走了？還有其他財產？」

「你在很丟臉地被海軍解職之前，就已經把你繼承的那部分花光了。」她冷冷地說。

剛瓦德・拉森張望四周。

「哇，靠。」他說。

「什麼意思？」

「正是我所說的意思，哇，靠。那個，你從哪兒弄來那個兩呎高的銀公雞？」

「葡萄牙。我們某次搭遊輪環球旅行的時候，在里斯本買的。」

「多少錢買的？」

「幾千克朗吧，」她漠然地說，「我不記得正確數字了。你現在的頭銜是什麼？巡警嗎？」

「副組長。」

「爸爸要是地下有知，一定死不瞑目。你是說，你連個局長什麼的都沒弄到？你的待遇是多少？」

「不關你的事。」

「你來這裡做什麼？想借錢嗎？那我也不意外。」

她看看一直安靜地旁觀他們交談的朋友，然後一副無所謂地加上一句：

「他向來是以傲慢無禮著稱。」

「沒錯。」剛瓦德·拉森坐了下來，「現在，再去拿個杯子來吧。」

她離開房間。剛瓦德·拉森以稍帶興味的眼光看著眼前這位童年的朋友。她沒有回眼看他，兩人也沒說話。

他妹妹回來時，拿著一只套在銀罩杯裡的玻璃茶杯，擺在鑲花的銀質小托盤上。

「你來這裡做什麼？」她說。

「你不是已經知道了？告訴我波伯格和他老闆的一切。他老闆的名字叫帕姆葛倫，上星期三死了。」

「死了？」

「是的。你不看報的嗎？」

「也許看，也許不看，總之不關你的事。」

「他被謀殺，更慘的是，被槍殺。」

「謀殺？槍殺？你到底在搞什麼恐怖活動？」

剛瓦德・拉森不在乎地將茶湯倒進自己的杯子。

「喂，我已經告訴你我不窺伺鄰居了。而且我也這樣告訴那個你早上派來的小丑。」

剛瓦德・拉森灌了一口茶，接著把玻璃杯砰一聲大力放下。

「少給自己丟臉了，妹子。你就像隻貓一樣好奇，而且打從會走路開始就這樣。我知道你曉得很多波伯格家的事，對帕姆葛倫也是。我相信你和你那個窩囊丈夫認識他們倆。你們這些高級圈子裡的社交狀況，我可是了解得很。」

「這麼粗魯無禮，對你是沒有什麼幫助的。總之我什麼都不會說，更別提是告訴你。」

「你當然要說。否則……」

她嘲謔地看著他說：「否則怎樣？」

「否則我就叫一個穿制服的本地巡警，陪我到周圍一哩之內的各戶拜訪拜訪。我會自我介紹，說因為我妹妹是個他媽的白癡，害我不得不來向其他人求助。」

她啞口無言地瞪著他。最後喪氣地說：「你是說，你膽敢……」

「你他媽的沒錯，我就是這個意思。所以你現在最好就吐點什麼訊息出來。」

她的朋友一直謹慎地聽他們談話，但顯然一副興趣盎然的樣子。

經過一段冗長而緊張的沉默之後，他妹妹認命地說：

「是，我想你的確有可能做出那種事。」她隨即接著說，「你想知道什麼？」

「你認識波伯格嗎？」

「認識。」

「帕姆葛倫呢？」

「點頭之交而已。我們曾在派對裡碰過面一、兩次，不過……」

「不過什麼？」

「那不算什麼。」

「好吧。波伯格過去這幾天都在忙些什麼？」

「那不關我的事。」

「沒錯，但是我他媽的也很了解，那棟房子裡只要有人有個風吹草動，你都會在那裡探頭探腦。」

「他的家人上星期五離開了。」

「那個我已經知道。還有什麼？」

「同一天，他把他太太的車子給賣了，白色法拉利。」

「你怎麼知道的？」

「買主過來這裡，他們站在房子外面討價還價。」

「哦，太好了！還有什麼？」

「過去幾晚，波伯格先生沒有在家裡過夜。」

「你怎麼知道？你去過他房子裡查過嗎？」

她露出一臉絕望的表情說：「你真是下流到家了。」

「回答我的問題，媽的。」

「要想不注意隔壁人家的動靜還真不容易哪。」

「是啊，尤其是如果你又很愛管閒事的話。所以，他這陣子都不在家？」

「其實他回來過幾次。據我看，搬走了一些東西。」

「除了那個買車的，還有誰來過？」

「呃……」

「有誰，什麼時候？」

「星期五，他和一個金髮妞回來，他們待了幾小時，然後搬了一些東西上車；就是行李箱之類的東西。」

「是嗎？繼續講。」

「昨天也有一些人過來，一對非常高尚的夫婦，和一個像是律師的傢伙。他們到處走，什麼都看，那個我想應該是律師的傢伙一直在做筆記。」

「你認為那是在幹什麼？」

「我想他打算把房子賣了，而且也成交了。」

「你有沒有聽到他們在說什麼？」

「聽到一些，無意間聽到的。」

「那當然。」剛瓦德．拉森漠然地說，「聽起來像是他把房子賣掉了？」

「對。」

「連同家具和其他的屎屎屎屎嗎？」

「你的嘴巴真髒！」

「不必替我煩惱，回答我的問題就好。你為什麼認為他把房子賣掉了？」

「因為我聽到一些對話的片段。例如，他們說，快速交易通常是最好的，因為在這種情況下，買賣雙方都能雙贏。」

「再多說一點。」

「他們像老朋友一樣道別，又是握手又是互拍肩膀的。波伯格交出一些東西，其中有鑰匙，我想。」

「然後呢？」

「他們開車走了，是一輛黑色的賓利。」

「波伯格呢？」

「他之後又在這裡待了好幾個鐘頭。」

「做什麼？」

「在壁爐裡燒東西，兩個煙囪煙都冒了很久。我認為……」

她住口。

「你認為什麼？」

「就目前的天氣看來，這情形很詭異。目前可是有熱浪來襲哪。」

「然後呢？」

「他把百葉窗全都放下來，之後就開車走了。從那時到現在，就沒再看到人了。」

「小妹——」剛瓦德·拉森和藹地說。

「是，如何？」

「你可以當一個好警察。」

她扮了一個覺得他莫名其妙的鬼臉說：「你還要繼續拷問我嗎？」

「當然。你和波伯格有多熟？」

「我們有時會碰面，鄰居嘛，難免。」

「帕姆葛倫呢？」

「只是點頭之交，就像我剛說過的。我們一起參加過波伯格家的幾次派對。有一次，我們在家裡花園辦了一場派對，他也來了。你知道，在那種情況下，原則上，鄰居都是該邀請的。帕姆葛倫那時剛好在波伯格家，所以也過來了。」

「他自己嗎？」

「不是，他妻子和他一起。很年輕，而且迷人得不得了。」

「我知道。」

她沒說什麼。

「好吧，」剛瓦德・拉森說，「你對這些人有何看法？」

「他們非常富有。」她無關好惡地說。

「你也是，你和你那個冒牌男爵。」

「是的。」她說，「沒有錯。」

「物以類聚。」剛瓦德・拉森很具哲理地說。

她凝視他許久，然後口氣尖銳地說：「剛瓦德，我要你明白一件事情。」

「什麼？」

「這些人，波伯格和帕姆葛倫，和我們不一樣。我的意思是，他們確實很有錢，尤其是帕姆葛倫——或者應該說，他生前確實如此。但他們缺乏品味跟修養。他們是冷酷無情的生意人，為了賺錢可以利用任何人、任何事。我聽說波伯格是那種投機商人，而帕姆葛倫則在國外做一些非常可疑的買賣。就那種人來說，他們的金錢雖然能讓他們打進所有最上層的圈子，但他們終究還是缺乏某些東西，他們永遠不會被全然接受。」

「嗯哼，好吧，聽起來是有點意思。那麼，換句話說，你不會接受波伯格囉？」

「不，我接受，但純粹是因為他有錢。對帕姆葛倫也是一樣。他的財富讓他的影響力幾乎無所不至。你得明白，這社會已經越來越依賴像帕姆葛倫和波伯格這種人。就許多方面來說，他們在影響國家運作上，比政府或國會等還更有勢力。因此，即使是像我們這樣的人，也必須接受他們。」

剛瓦德・拉森以嫌惡的目光看著她。

「好吧，隨你怎麼說。但我認為，在不久的將來會發生一些事，讓你和你那整批他媽的上層階級無賴極度震驚。」

「什麼事？」

「你他媽的就是這麼笨，沒注意到我們周遭正在發生什麼事嗎？整個世界的局勢？」

「你不必跟我大聲嚷嚷，」她冷冷地說，「我們已經不是小孩子了。我想現在你該滾蛋了。」

「我已經滾蛋過了。你忘了我去當過水手。」

「蕭高德隨時都會回來，我不希望他回來時你還在這兒。」

「他的工作時間還真短呢，我看。」

「是的，沒錯，位高權重的人通常工時都很短。再見，剛瓦德。」

他站起來。

「好吧，總之，你是幫了忙。」他說。

「要不是因為被你勒索，不然我一句話都不會講。」

「是啊，我了解。」

「依我的看法，大可以再等個十年再和你見面。」

「我也是。再見。」

她沒有回答。

她的女朋友站起來說：「我也該走了。」

剛瓦德・拉森看看她。她的身型修長而苗條，身高至少到他的肩膀。她的穿著典雅高貴，妝容恰到好處，還不賴，可以這麼說。他看外面沒有停車，便說：「我可以載你一程嗎？」

「好的，麻煩你。」

他們便離開了。

剛瓦德・拉森瞥了一眼那棟顯然已經不再屬於波伯格的房子，聳了聳肩。

等他們坐進車裡後，他看了一下她是否戴了婚戒。沒有。

「對不起，我剛沒聽到你的名字。」他說。

「林德柏格，桑雅・林德柏格。我從小時候就一直記得你。」

「哦，真的？」

「當然，那時你比我高多了，就和現在一樣。」

他發現她頗具吸引力。也許應該約她。嗯，可以再等，不急，他可以等哪天打個電話給她。

「我應該送你到哪兒？」他問。

「史提勒廣場，麻煩你。我的診所在賈爾伯爵街上，我也住在那裡。」

很好，他心想，這樣就不必再問她電話號碼了。

一直到史提勒廣場，兩個人都沒再說什麼。

「再見，謝謝。」她說著，並把手伸出來。

他握握她的手。那手瘦削、乾燥，而且冰涼。

「再見，桑雅。」他說。

他關上車門開走了。

剛瓦德·拉森進到國王島街警局的辦公室時，已經有大約十五通留言等著他，其中包括柯柏的。他正在瓦斯貝加警局，要他回電。

剛瓦德·拉森先解決一些最緊急的事情，才撥到南區警察局。

「哈囉。」柯柏說。

剛瓦德·拉森把他聽到的情報覆述一次，但避免提及消息來源。

「幹得好，拉森。」柯柏說，「這麼看來，他打算逃到國外。」

「可能已經溜了。」

「我不認為。」柯柏說，「我先前告訴你的那只手提箱還在他國王街的辦公室。我剛剛打給了他的祕書，她說，波伯格半小時前曾打給她，說他五點以前無法趕回辦公室。」

「他一定住在某間旅館。」剛瓦德・拉森沉思著說。

「可能，我會去查出來，但我想他不可能用自己的名字登記。」

「不太可能。」剛瓦德・拉森說，「對了，你找到那個婊子沒有？」

「還沒。我現在就是坐在這裡等風化組回電。」

沉默。

過了一會兒，柯柏抱怨道：「我實在沒有時間。如果五點前我沒辦法趕去國王街，能不能勞駕你本人，或是派個人去監視他那間他媽的高利貸辦公室？」

剛瓦德・拉森直覺的反應當然是「不能」。但他只是從筆筒裡拿出拆信刀，狀似出神地摳著大門牙的牙縫。

「好吧。」最後他說，「我會安排。」

「謝謝。」

去謝我親愛的妹妹吧，剛瓦德・拉森暗忖。然後他說：「還有一件事。」

「什麼？」

「帕姆葛倫中槍當時，波伯格和他坐在同一張桌子上吃飯。」

「所以？」

「那這樣他怎麼可能和這樁謀殺扯上任何關係？」

「別問我。」柯柏說，「每件事好像都非常機密的樣子。馬丁也許知道。」

「貝克啊。」剛瓦德・拉森語帶嫌惡地說。

他們就這樣結束了談話。

14.

萊納·柯柏等了一個多鐘頭，才接到風化組的消息。這段期間他鬱悶無力、滿身大汗地呆坐在瓦斯貝加警局的辦公桌前。原本一件能輕易解決的事情——不過是去詢問兩名證人——現在卻發展成一樁緊急追緝令。

突然間，漢普斯·波伯格和神祕的海倫娜·漢森成了警方的追緝對象，而柯柏就像隻蜘蛛似地坐在這裡緊攫住羅網的絲線。最奇異的是，他到現在還不知道自己為什麼必須找到這兩人。警方沒有指控這兩人，他們在馬爾摩已經接受過警方詢問，而且依常理看來，也沒有跡象顯示他們有誰和維克多·帕姆葛倫的謀殺有任何牽連。

總之，柯柏仍然擺脫不了務必要找到這兩人的那種緊迫感。

為什麼？

這只是警察的職業病發作，他陰鬱地這麼想著。在警界服務了二十三年，已經被搞得不成人形，再也沒辦法像正常人那樣思考了。

這二十三年來，每天和警察接觸，使得他已無法和其餘世界維持正常的關係。事實上，柯柏從來不覺得有真正放鬆的時刻，即使和家人相處在一起時也是。他總覺得心頭有什麼在噬咬。他等了很久才成家，因為警察不是一般職業，那是一種自我獻身的誓約。而且，很顯然，你一旦投入，便很難完全脫身。這種職業每天都要和不正常的人往來，結果只會讓你自己也變得不正常。

柯柏和絕大多數同事的不同之處，就是他有能力看透和解析自身處境。他的見解的確驚人，而且不幸地透徹至極。他的問題，就在於他這個人既充滿感性，又負責任，而就他的專業來說，十件案子當中至少有九件是他不能、也不允許自己的感性和感情介入的。

為什麼警察幾乎排外地只和其他警察來往？他很好奇。

很自然，那是因為這種交往比較容易，比較容易維持必要的距離。但是，這同時也比較容易輕忽警界中病態的同志愛，這種同僚之間的情誼，多年來繁茂滋長，而且欠缺檢視。這意味警察最終會孤立於社會之外，但他們理應保護這個社會，而且很重要的、他們理應與社會交融。

就像，除了極少數的例外，警察絕對不會批評其他警察。

相當近期的社會研究顯示，在度假中多少算是被迫與其他民眾交融的警察，常常羞於承認自己是警察。這是他們的角色定義及過度的專業神話造成的結果。

若經常面對恐懼、不信任和公開的侮蔑，任何人早晚都會變成病態的偏執狂。

柯柏忍不住打了個哆嗦。

他不要當讓人害怕的人，他不要不受信任，或被人鄙視。他不要變成偏執狂。但他確實想找到漢普斯・波伯格和海倫娜・漢森這兩人。而且，仍然不知道為什麼。他去洗手間喝水。水龍頭雖然已經打開好幾分鐘，流出的水仍然溫溫的，味道不佳。他悶哼一聲，跌坐進辦公椅裡。他百般無聊地在吸墨紙上畫了一個小小的五角星星。又畫一個，接著再畫一個。

等到他畫到第七十五顆五角星星時，電話鈴聲響起。

「我是柯柏。」

「嗨，我是烏莎。」

「你有沒有查到什麼？」

「有，我想有。」

「是什麼？」

「我們查到了那個叫漢森的女人。」烏莎・托瑞爾頓了一下，「至少我相當確定，我們找對了人。」

「所以？」

「她在我們的名冊上。」

「是個妓女？」

「對，不過是個高級妓女，近似我們所說的應召女郎。」

「她住在哪裡？」

「巴能路。原來給的那個地址是錯的，就我們所知，她從來沒住過西脊路。但電話號碼倒不是憑空捏造的，看來她以前確實用過那個號碼。」

「姓名呢？海倫娜·漢森是真名嗎？」

「這點我們相當確定。上週三在馬爾摩的時候，她得出示身分證明，所以我認為她在這一點上倒不至於造假。」

「她有前科嗎？」

「哦，有。她打從十來歲起就一直在當妓女。我們單位曾和她多次交手，雖然最近幾年比較沒那麼頻繁。」

烏莎·托瑞爾沉默了一會兒。柯柏可以清楚地想像到她此刻的樣子，大概就和他一樣，弓著背坐在桌前，若有所思地咬著大拇指指甲。

「看來她和多數妓女一樣，剛入行時多半拿不到報酬。後來她開始阻街，顯然因為姿色夠，所以更上層樓，進入一個比較有利可圖的圈子。能打進應召女郎圈，對那個圈子的人來說簡直就是值得尊敬。」

「是的，我可以想像。」

「事實上，應召女郎是妓女裡的菁英。她們不是有客人就接，而是只接保證有油水可撈的那種。光是自稱為旅行祕書，或甚至做執行祕書——就像她在馬爾摩所用的頭銜，就表示她自有風格，能進出相當高階層的社會。站在里潔林街頭賣色，和能坐在厄斯特馬的公寓裡等電話應召，這之間的區別是非常大的。她大概有一票常客，每星期頂多只接一次個案——隨便你要怎麼稱呼，反正就是諸如此類的安排。」

「你們部門對她有沒有任何興趣？就目前來說？」

「有，這就是我要跟你說的。如果她涉入其他犯罪案件，而且害怕被捕，那麼我們就可能可利用機會，揭發一整個應召組織。」

「無論如何，我們還是能嚇嚇她。派人過去把她抓來。」

柯柏想了一想，接著說，「當然啦，我很願意親自見見她，就在她家。這整件事有些詭異之處。至於是什麼，我還不曉得。」

「什麼意思？」

「我有個感覺，她和波伯格及帕姆葛倫之間的牽扯，比我們懷疑的還複雜。你認識她嗎？」

「我只知道她的長相，根據我們這裡的照片。」烏莎・托瑞爾說，「依照片判斷，她看來非常中規中矩，而且一臉聰明伶俐。當然，這是在那種行業裡成功的要件之一。」

「那當然，她們得保持體面，在社交場合不出任何差錯，那對她們來說非常重要。」

「對。我聽說這些女孩有些甚至還會速記——至少達到可以唬人的程度。」

「你有她的電話號碼嗎？」

「沒有。」

「真可惜。」

「也許是，也許不是。」烏莎・托瑞爾說，「這行業的女孩子經常換號碼。當然了，她們的號碼都不會列在電話簿裡，就算有，通常也都用不同的名字申請。而且……」

「而且……」

「而且，那表示她們是真正專業，第一流的。」她沉默了一會兒，然後問，「為什麼你那麼急著找到她？」

「老實說，我也不知道。」

「你不知道？」

「不知道。馬丁要我問她一些例行公事，比方馬爾摩事發那晚她有沒有看到什麼。」

「嗯，這樣開始也不算太壞。」烏莎．托瑞爾說，「也許從這個第一步能引到第二步。」

「我也這麼希望。」柯柏說，「根據拉森的情報，她上週六去過漢普斯．波伯格位在林汀島的住處，我確信波伯格正在搞什麼可疑的勾當。」

「我很難想像她會直接涉及帕姆葛倫的謀殺案。但換個角度想，我知道的資訊大多來自過去幾天的新聞。」

「是啊，我也看不出她和這次槍殺會有直接關聯。但這個案子有好幾個疑點，我有種感覺，就是即使這案子不直接隸屬於我這部門，我也應該追蹤。」

「你認為波伯格在搞什麼把戲？」

「某種大規模的金融詐欺。看來他正想把這裡的所有財產盡快轉成現金。我猜他準備在今天出國。」

「你為什麼不找詐欺組的人幫忙？」

「因為沒時間了。等到那些傢伙有空處理，波伯格大概早就逃之夭夭。可能連那個叫漢森的女孩子也一樣。但帕姆葛倫的謀殺案倒也幫了我們一把。他們兩個都是證人，這表示我可以出手了。」

「我承認我只是個新手，」烏莎・托瑞爾說，「更談不上擔任命案偵查員。但是，馬丁難不成認為，當晚出席餐會的人之中，有人為了自己的利益而採取這種極端手段，把帕姆葛倫給除掉？」

「對，那似乎是理論之一。」

「這麼說來，那個人雇了一個殺手？」

「對，大概是這樣。」

「如果你問我，我會說這好像不太合理。」

「我也這麼認為。但這種事以前發生過。」

「了解。他們此外還考慮了哪些可能性？」

「其中一項是純粹的政治謀殺。我聽說連祕密警察都加入行動，已經派了個人去馬爾摩。」

「那對馬丁和其他人來說，他們可有樂子開開心了。」

「是啊，真的是這樣。當然啦，祕密警察照舊是獨立進行調查，他們會在一、兩年內準備就緒，然後才開始採取行動。」

「馬丁愛死政治了。」烏莎・托瑞爾說。

她的意思其實是指馬丁・貝克對所有沾染到政治的東西都十分憎惡，每回只要有涉及示威、暗殺或政治干預等的情況，馬丁．貝克都立刻退避三舍。

「嗯，」柯柏說。「總之，目前看來，帕姆葛倫賺取的百萬財富，多半來自有違外援政策的東西。比方，利用國際軍武買賣賺取不當利益。因此，無論是馬丁或其他人都不排除他是因為政治而被幹掉。有人藉這個手段做為對同行的一種警告。」

「可憐的馬丁。」烏莎．托瑞爾說。

她的聲音裡透著某種溫暖。

柯柏暗自微笑。自從史丹斯壯死後，他就和烏莎．托瑞爾變得很熟稔，無論是就個人機智或女性特質來說，柯柏對她都有頗高的評價。

「嗯，好了，我們盡快去見這位可愛的女士，看看有沒有辦法從她身上榨出一點有趣的情報。我開車去接你。我們得碰運氣，看她是不是在家。」

「好，」烏莎．托瑞爾說，「但是……」

「但是什麼？」

「呃，我得警告你，她沒有那麼好對付。最聰明的作法是不要逼得太緊，至少在一開始。聽起來我好像瘋了，我只是個菜鳥，居然膽敢跟你提出忠告——但我有和這種客戶交手的經驗。像海倫娜．漢森這種人，對怎麼和警察過招一清二楚。這是她們長期艱苦奮戰的心得，你了解吧。

我不認為強勢手腕能有多少收穫。」

「也許你說的沒錯。」

「對了，現在是誰在負責監視波伯格？」

「如果運氣好，說不定我們會在那位女士的懷裡找到他。」柯柏說，「不過，說來還真奇怪，剛瓦德・拉森竟然願意幫我。」

「這麼說來，強勢手段是免不了的了。」烏莎・托瑞爾嘲諷地說。

「我猜是。這樣吧，我大約在二十分鐘內過去接你。」

「好，沒有問題。等會兒見。」

「回頭見。」

柯柏手按著話筒坐了一會兒，他接著打給剛瓦德・拉森。

「喲，」後者滿是敵意地說，「現在又是哪門子好事？」

「我們查到那女孩子了。」

「很好。」剛瓦德・拉森漠不關心地說。

「我現在就要和烏莎・托瑞爾一起去見她。」

「很好。」

「你的聲音聽起來比平常還不爽。」

「我大有理由如此。」剛瓦德．拉森說。「二十分鐘前，一個土耳其人在侯托吉特街被人拿小刀戳破肚子，鬼才知道他還能不能活命。我看到他時，他好像腸胃還露在肚子外。」

「有抓到下手的人嗎？」

「沒有，但我們知道是誰。」

「另一個土耳其人嗎？」

「不，根本不是，是一個一等一、血統純正的斯德哥爾摩小鬼。十七歲，吸了毒，迷幻到九霄雲外。我們正在追捕他。」

「他為什麼幹這種事？」

「為什麼？真是個天大的問題。大概他以為自己可以單槍匹馬解決外國人問題。最近這現象真是每下越況。」

「確實。」柯柏說，「剛瓦德，我想我沒時間趕去波伯格的辦公室。」

「不必擔心，」剛瓦德．拉森說，「我來安排。我自己也開始對這傢伙有興趣了。」

隨後兩人就不再廢話地同時掛斷電話。

柯柏納悶，是什麼讓剛瓦德．拉森變得反常，開始這麼熱心助人。

他打電話去國王街上的那家金融公司。

「沒有，我還沒接到波伯格先生的消息。」莎拉・莫柏格說。

「手提箱還在他的辦公室裡嗎？」

「是的。你第一次打來我就告訴過你了。」

「抱歉，我只是想再確定一下。」

他也打到早上探訪過的房地產公司。

那邊也還沒見到漢普斯・波伯格的人影，同樣也沒有他的任何消息。

柯柏出去洗個手，留著張字條在自己桌上，然後去開車。

烏莎・托瑞爾在國王島街警察總局外的階梯上等他。

他將車停靠在路邊，讚賞地看著她踏下寬大的階梯，穿過人行步道而來。

依他來看，有著黑色短髮、寬大眼眸的烏莎・托瑞爾是個出色、迷人的女子。她個子嬌小，但是有著非常勻稱的體格和柔美的寬臀，身材苗條又結實。

她的舉手投足散發高度性感，但據他所知，自從史丹斯壯死後，她就再也沒有性生活了。

他好奇那會維持多久。

要不是我已經很聰明地找到第一流的太太……

萊納．柯柏暗忖。

然後他伸出手臂打開右邊的前門。

「上車吧，烏莎。」

她坐進他旁邊，把提包放在腿上，叮嚀他：「就像我們先前說的，態度輕鬆一點。」

柯柏點點頭，發動引擎。

五分鐘後，他們在巴能路上一棟老舊的公寓前停下。

他們各自從車子兩旁下車。

「你那樣對著馬路直接下車，應該留心一點的。」烏莎．托瑞爾說。

柯柏又點點頭。

「你說得對。」他說。

他渴望換一件乾淨的襯衫。

15.

這公寓位在三樓，而且海倫娜．漢森的姓名確實寫在門牌上。

柯柏舉起右拳準備打門，但烏莎按住他的臂膀制止，她接著按下門鈴。

沒有反應。半分鐘後，她再按一次。

這次門打開來了，一個年輕的金髮女郎正以狐疑的藍眼瞄著他們。

她穿著一雙長絨毛的拖鞋和白色浴袍，看起來好像才剛淋浴或洗過頭，因為她用浴巾把頭裹起來，就像印度頭包一樣。

「警察。」柯柏亮出他的警證。

烏莎．托瑞爾做了相同的動作，但未發一言。

「你是海倫娜．漢森，對嗎？」

「是的，沒錯。」

「我們是為了上週在馬爾摩發生的那件事來的，想跟你談一下。」

「我已經把我知道的一點點經過告訴當地警察了，就在事發當晚。」

「那天的面談顯然不夠徹底，」柯柏說，「當時你的情緒會比較激動，在那種情況下提供的證詞往往比較凌亂，所以我們通常會讓證人有幾天時間，把事情反芻一下，然後再詢問一次。我們可以進去一會兒嗎？」

女郎踟躕著，顯然打算說不。

「不會占用你太多時間，」柯柏說，「純粹例行公事。」

「是的，」海倫娜・漢森說，「我是沒什麼時間，不過……」

她停下口，他們讓她安靜地把未完的話尾思量透徹。

「能不能請在外頭先等一下，讓我穿件衣服？」

柯柏點點頭。

「我剛剛洗完頭，」她補上一句，「一兩分鐘就好。」

不待進一步討論，她就當著他們的面把門關上。

柯柏將手指壓在唇上，做出「別出聲」的動作。

烏莎・托瑞爾立即蹲下去，無聲無息、小心翼翼地打開投信孔的蓋子。

房子裡有聲音傳來。

首先是電話按鍵的聲音。海倫娜．漢森想打給某人，而且電話接通了，她低聲要求某人接聽。最後是一片寂靜，不過烏莎．托瑞爾的聽力出奇的好，她覺得她聽到對方接線以後的電話鈴聲響了很久。最後，屋內的女郎說：

「哦，他不在呀？謝謝你。」

掛斷了。

「她想打電話給某人，但沒找著。」烏莎．托瑞爾耳語，「透過某個總機，我想。」

柯柏用嘴形示意一個名字：

「波伯格？」

「她說的不是波伯格，否則我會聽出來。」

柯柏再度做出警告的表情，並指指投信孔。

烏莎．托瑞爾將右耳貼在孔上，那是她聽力更靈敏的那一邊。

屋裡傳來各種聲響，她皺起黑色的濃眉。

幾分鐘後，她站直起來，耳語道：

「她顯然在處理事情，很倉促。我想是在打理行李，因為我聽到鎖箱子的聲音。然後她把一個東西拖過地板，再來是開門和關門聲。現在她在穿衣服。」

柯柏理解地點點頭。

一會兒之後，海倫娜・漢森再度打開門。她穿著一件洋裝，頭髮令人驚奇地整齊。但柯柏和烏莎立即注意到，她只是把一頂假髮套在濕頭髮上。

在此之前，他們兩人早已故做無事狀地站到離門最遠的樓梯角落。烏莎・托瑞爾拿著一根菸，態度從容地抽著。

「請進來吧。」海倫娜・漢森說。

她的聲調愉快，而且出人意表地優雅。

他們走進去，四下張望。

這公寓的格局包括走道、廚房，還有一間房。屋內相當雅緻寬敞，但布置極為中性。多數家具都很新，也在在顯示住在這裡的人經濟無虞，所有東西全都整整齊齊、井然有序。

床又大又寬。柯柏看著那張厚床罩，清楚看出上面有一個長方形的凹痕，彷彿才剛擺過一個類似行李箱的東西。

房間裡還有一張沙發和一張舒適的扶手椅。海倫娜・漢森向椅子微微做了個手勢，說：「請坐。」

他們坐下來，女郎仍然站著。

「要喝點什麼嗎？」

「不了，謝謝。」柯柏說。

烏莎・托瑞爾搖搖頭。

海倫娜・漢森坐下來，從桌上一個白鑞杯裡取出一根菸點燃。然後，她平緩地說：「好吧，我可以幫你們什麼忙？」

「你知道我們為什麼過來。」柯柏說。

「是的，為了馬爾摩可怕的那一夜。可是除了──除了覺得很可怕之外，我也沒有什麼可以奉告的。」

「當時你坐在餐桌的哪個位置？」

「在一邊的角落。我的隔壁是個丹麥商人，姓傑生，我想。」

「是的。郝夫─傑生先生。」柯柏說。

「嗯，對，那就叫這名字。」

「帕姆葛倫先生呢？」

「他坐在另一邊，和我斜對面。我的正對面是那個丹麥人的太太。」

「那表示，你坐的位置正好面對槍殺帕姆葛倫先生的兇手？」

「是，完全正確。可是一切發生得那麼快，我幾乎沒時間意識到出了什麼事。再說，撇開事後不說，我也懷疑現場有誰真明白到底出了什麼事。」

「但是你看到了兇手？」

「對，只是當時我沒料到他是來殺人的。」

「他長什麼樣子？」

「這我都說過了，你們要我再重覆一次嗎？」

「是的，麻煩你。」

「我對他的外表只有粗略印象。就像我剛說的，一切發生得太快，而且我當時也沒有專心在注意周圍的人，大半時間都在想我自己的事。」她平緩地說道，而且發乎誠心。

「據你所說，你為什麼沒有很專心？」

「帕姆葛倫先生正在發表演說。他說的事和我無關，而且我本來就常常心不在焉。他提的事我大多都聽不懂；我一邊在抽菸，一邊在想別的事情。」

「我們再回來談兇手。你認識他嗎？」

「不，完全不認識。對我來說，他完全就是個陌生人。」

「如果再看到他，你會認得出來嗎？」

「也許。但我沒有十足把握。」

「你對這個人有什麼印象？」

「個子多高？」

「他是年約三十五——也許四十。有張瘦臉，深色頭髮，挺稀薄的。」

「大概中等身高，我猜。」

「他的穿著如何？」

「還滿整齊的。我想他的外套是褐色的。總之，他穿著一件淺色襯衫，還打了領帶。」

「關於他，你還有其他看法嗎？」

「不多，他看起來很尋常。」

「就社會階級來說，你會把他擺在什麼位置？」

「社會階級？」

「呃，比方說，他看起來像是一個有好工作、很富裕的人嗎？」

「不，我不覺得。他比較像是職員或某種工人。我的感覺是他挺窮的。」她聳聳肩，補充道，「可是你們別把我的話太當真。我其實只瞥到一眼。從那之後我就一直試著整理印象，可是很不確定。有一部分，我想，有可能純粹是……也許算不上是幻想，但……」

她在尋找適當的字眼。

「是事後的重建。」柯柏建議道。

「正是如此，事後的重建。你瞥到某人或某個東西一眼，事後你再去回想細節，通常都會記錯。」

「你有看到他使用的武器嗎？」

「瞄到一眼，可以這麼說。是某種手槍，挺長的。」

「你懂槍嗎？」

她搖搖頭。

「不懂，完全不懂。」

柯柏嘗試一條新路徑。

「你以前見過帕姆葛倫先生嗎？」

「沒見過。」

「宴會上的其他人呢？你認識嗎？」

「只認識波伯格先生。其他人我從來沒見過。」

「但你認識波伯格有一段時間了？」

「他雇用過我幾次。」

「你是以什麼身分去馬爾摩的？」

她驚愕地看著他。

「當然是以祕書身分。波伯格先生平常有自己的祕書，但她從來不陪同出差。」她不避諱且自信地說道，顯然一切都已經過排練。

「你在這趟旅行中，有沒有做過什麼速記或備忘錄？」

「當然有。當天稍早有一場會議，我記錄了當時討論的事務。」

「當時討論了什麼？」

「好幾件公事。老實說，我聽不太懂，只是將之寫下來。」

「你的速記本還在嗎？」

「不在。星期四回來之後，我就把東西全謄出來交給波伯格先生，之後就把速記本丟了。」

「這樣啊。」柯柏說。「這樣的工作報酬有多少？」

「兩百克朗，外加旅行費和一切支出，當然。」

「嗯。這種工作難做嗎？」

她再度聳聳肩。

「不算特別難。」

柯柏和烏莎・托瑞爾互換眼神，後者到現在還沒有開過口。

「我的問題就到此為止。」柯柏說。

海倫娜・漢森垂下眼。

「還有一件事。馬爾摩警方在事發後詢問你時，你給了一個在本市西脊路的地址。」

「是嗎？」

「那地址是錯的，對吧？」

「我真的連想都沒有多想，甚至不記得有這樣的事。當時我頭昏昏的。事實上，我以前在西脊路住過，我一定是在那種混亂的情況下弄錯了。」

「嗯，是啊，這種事誰都可能發生。」柯柏起身說，「謝謝你的幫忙。我問完了，再見。」

他慢步朝門走去，走出了公寓。

海倫娜・漢森疑惑地看著烏莎・托瑞爾。烏莎還坐在椅子上，一聲不響，動也不動。

「還有什麼事情嗎？」海倫娜・漢森不確定地問。

烏莎・托瑞爾注視她良久。她們倆面對面坐著，這兩個女人的年紀相當，但除此之外，別無相似之處。

烏莎．托瑞爾任由沉默加深，製造氣氛，她把菸在菸灰缸裡捻熄，緩緩地開口：

「如果你是個祕書，那我就是聖經裡的席巴女王。」

「你怎麼敢講這種話？」海倫娜．漢森口氣不快地說。

「方才離開的那個同事，他隸屬凶殺組。」

海倫娜．漢森大惑不解地看著她。

「但我不是，」烏莎．托瑞爾說，「我隸屬於本區的風化組。」

「哦——」女郎說。

她的肩膀整個垮了下來。

「我們有你的完整記錄。」烏莎．托瑞爾以嚴厲、單調的語氣說。「整整十年，你被逮捕過十五次，這次數可不算少。」

「好吧，但你不能單憑這個就抓我入獄，老賤貨。」海倫娜．漢森挑釁地說。

「你還真是不小心哪，家裡竟然沒擺個打字機，甚至放個速記本的。除非你把東西收進那邊那個箱子裡了。」

「如果沒有搜索令，別妄想在我這裡東張西望，臭婊子。我可是知道我的權利。」

「搜索令送到之前，我也沒打算碰你這裡任何東西。」烏莎・托瑞爾說。

「那你到底在這裡做什麼？你不能憑這個就抓我。」

烏莎・托瑞爾沒說什麼。

「再說，媽的，我有權利愛去哪兒就去哪兒，愛和誰去就和誰去。」

「而且愛和誰上床就和誰上床？是啊，完全正確。但你沒有權利用這種方式賺錢。總之，那個『費用』到底有多少？」

「你以為我他媽的這麼蠢，會回答你這個問題嗎？」

「你沒必要回答，我知道行情。你拿到一千克朗的免稅費用，而且所有支出另計。」

「你他媽的知道得還不少嘛。」海倫娜・漢森粗魯地說。

「這種事情我們還算清楚。」

「別以為你有辦法送我入獄，你這該死的，幹你……」

「或許我還真有辦法呢。別替我擔心，總會找到辦法的。」

海倫娜・漢森突然跳起來，十指蜷曲成獸爪的模樣，整個人躍過桌子。

烏莎・托瑞爾像貓一樣敏捷地起身，簡單一拳就把對方擋回去，讓她摔回椅子裡。

這時，一花瓶的康乃馨掉到地板上，兩個人都沒去撿。

「別抓人，」烏莎．托瑞爾說，「冷靜點。」

女郎瞪著她。水汪汪的藍眼眸裡似乎真的有淚，假髮這時已經歪了一邊。

「原來你也會打人，幹你媽的賤胚子！」她怨懟地說。

她面帶絕望，靜靜地坐了一會兒，然後，又鼓起一股新生的抗爭力量，歇斯底里地說：

「滾，他媽的！離我遠遠的！等你有真憑實據再來。」

烏莎．托瑞爾翻找她的提袋，拿出一枝筆和筆記本。

「事實上，我有興趣的是另一件事。你一向不是做業餘的，現在當然也不是。是誰在主掌大局呀？」

「你他媽的這麼蠢，以為我真的會告訴你？」

烏莎．托瑞爾走向放在梳妝台上的電話，那是一具淺灰色的交談型電話。她彎下腰，抄下電話公司為便利客戶而貼在上面的號碼。她拾起聽筒，撥出那個號碼，得到電話占線的回聲。

「你把這張有正確號碼的紙條留在上面，不是很聰明啊。」她說。「不管這支電話登記的是誰的名字，光憑著這支電話，我就可以讓你坐牢。」

女郎在椅子裡陷得更低，滿臉充滿怨怒但又認命的表情。

過了一會兒，她看看時鐘，抱怨道：「你不能現在就滾嗎？你已經表演過你們條子有多聰明了。」

「還不行，」烏莎・托瑞爾平靜地說，「再等一等。」

海倫娜・漢森此時似乎相當困惑，顯然她沒料到會發生如此情況，她所受的指示已經應付不了這個狀況，而且不符合她先前遵從的指令。更糟糕的是，這個女警對她的過去瞭若指掌，足以讓她卸下所有偽裝。

總之，她非常緊張，而且不斷地看時鐘。

她了解對方正在等待某事，但她想不出會是什麼。

「你要這樣一直站在那裡瞪我嗎？」她生氣地說。

「不，不會太久。」

烏莎・托瑞爾注視著椅子裡那個女郎。她對她沒有絲毫感覺，甚至不覺得討厭，但絕對談不上同情。

電話鈴聲響起。

海倫娜・漢森沒有要起身去接電話的意思，烏莎・托瑞爾也站在原地不動。

六起鈴聲在房間裡迴響。

而後，一切恢復原狀。

烏莎．托瑞爾站在梳妝台旁，雙臂輕鬆地垂下，兩腳微微張開。

海倫娜．漢森蜷曲在扶手椅裡，無神的眼睛瞪著前方。

其間有一次她喃喃地說：「唉，你可以放我一馬，不是嗎？」馬上接著又說，「一個妞兒怎麼會去當條子呢……」

烏莎．托瑞爾大可以回問她一句，但她忍了下來。

十分鐘後，這番僵局被門外沉重的敲打聲打破。

烏莎．托瑞爾去應門，柯柏拿著一張紙進來。他滿臉通紅，汗流浹背，顯然匆促地去辦了件什麼事。

他在房中停下腳步，感受到一股沉鬱的氣氛，再看了翻倒的花瓶一眼，說道：

「兩位小姐打架了嗎？」

海倫娜．漢森抬頭看他，目光裡既無希望，也無訝異；她所有職業性的修飾都已杳無蹤影。

「現在你們到底要做什麼？」她說。

柯柏出示手上的紙張，說道：「這是對這地方的搜索令，印章簽名齊全，是我親自申請的，檢察官已經批准。」

「去死吧你們。」海倫娜．漢森咬牙切齒地說。

「才不要，謝謝。」柯柏笑嘻嘻地說，「我們要四處瞧瞧。」

烏莎・托瑞爾朝衣櫥門點點頭。

「我想就在那裡頭。」她說。

她從梳妝台上拿起海倫娜・漢森的皮包，打開來。

椅子裡的女郎沒有反應。

柯柏打開衣櫥門，拉出一只皮箱。

「不是很大，但重得不得了。」他喃喃說道。

他把皮箱放在床上，打開繫住箱子的帶子。

「有沒有發現有趣的東西？」他問烏莎・托瑞爾。

「一張去蘇黎世的來回機票和一份旅館訂單。她登記了明天早上九點四十五分從阿蘭達機場起飛的班機，然後是後天七點四十分從蘇黎世飛回來的航班。旅館房間只訂一晚。」

柯柏把上面一層衣物和種種亂七八糟的東西推到一旁，開始翻查放在皮箱底層的一疊紙張。

「股票。一大堆股票。」他說。

「不是我的。」海倫娜・漢森的聲調平板。

「我想也不是。」柯柏說。

他走過去打開一只黑色公事包，裡面放的正是他妻子所說的東西：一件睡袍、幾條三角褲、化妝品、一根牙刷和幾瓶藥片。簡直滑稽。

他看看時鐘，已經五點三十分了，他希望剛瓦德·拉森信守承諾，正在執行任務。

「就這樣了。你現在跟我們一起走。」

「為什麼？」海倫娜·漢森說。

「那我就趁機會告訴你好了，你有意圖從事非法輸送金錢的嫌疑。」柯柏說，「你一定會被拘留，但那不關我的事。」

柯柏張望四周，聳聳肩說：

「烏莎，請你提醒她要攜帶這種時候她們該帶的東西。」

烏莎·托瑞爾點點頭。

「豬。」漢森小姐說。

16.

所有的事情全在那個星期一發生。

剛瓦德．拉森站在辦公室的窗前，俯瞰窗外市景。這座城市表面上看起來沒那麼糟糕，但他對周圍這個犯罪溫床太了解了。確實，他只處理暴力犯行和鬥毆事件，但光是這些也夠多了。再說，這種案件處理起來也最晦氣。眼前又有六件新的搶案，一件比一件殘暴，截至目前沒有一點線索。四件毆妻案，全都相當嚴重。還有一件正好相反，是一個女人用熨斗攻擊丈夫。拉森必須親自出馬，事發地點是在南邊的巴斯塔路。破爛的公寓好似屠宰場，所有東西全濺滿鮮血，連他的新褲子都沾到血。

在葛拉史丹區，一個未婚媽媽把她一歲大的孩子從三樓丟出窗外。雖然醫生說小孩子可以活命，但傷勢非常嚴重。那個母親十七歲，歇斯底里，她動手的理由是嬰兒一直哭鬧，不聽她的話。

光是市中心就至少發生二十件相當血腥的鬥毆事件；所以拉森根本不去想那些郊區新貧民窟

近來的報告會是怎樣。

電話鈴響了。

他任鈴聲響了一陣子才接起。

「拉森——」他發出很不耐煩的低喃。

肚子被刺破的那個土耳其人已經在南區醫院喪命了。

「嗯。」他漠然地說。

他猜那個男人也許本來不該死。所有醫院全都人滿為患，有些部門因為員工度假和慣性的人力短缺而歇業，同時還有血庫缺血的問題。

兇手已經被逮。一輛巡邏車在柏卡斯塔登區一間危樓裡的毒窟抓到他。他完全神智不清，偵詢時根本無法回答任何問題。總之，他身上帶著那把兇刀，剛瓦德・拉森瞪著他看了半分鐘，然後派人把他送去警醫那裡。

除了一些計劃周詳的搶劫案以外，其餘案件都是所謂的非蓄意犯罪，幾乎可以將之等同於意外事件。一些不快樂的人、神經衰弱的人被迫陷入絕境。這些案子當中，酒精或毒品都扮演了決定性的角色。可能也有部分理由是因為天氣燠熱，但更基本的問題應該在於制度本身，大城市的殘酷邏輯，使得意志薄弱或適應不良的人無法承受，促使他們做出非理性的行為。

還有，就是孤寂。他懷疑過去二十四小時內已有多少自殺事件——想到還有一段時間才有解答，簡直令人感激涕零。那些報告還在各個不同的分局，資料必須先經處理，報告必須先經編纂，最後才會送到總局。

此時是四點四十分，是他下班的時候了。

他應該可以開車回去位於波莫拉的家，沖個澡，穿上拖鞋和乾淨的浴袍，喝瓶冰涼的薑汁汽水（剛瓦德．拉森可說是滴酒不沾），把聽筒從電話上拿下來，然後用一本逃避現實的小說度過這一晚。

但現在他接下了一個與他完全無關的案件。接下這件有關波伯格的差事，令他時而後悔，時而又抱有一股復仇式的快意心情，渴望進行調查。如果波伯格真的犯了罪——剛瓦德．拉森相信他的確犯了罪——那麼，他正是剛瓦德．拉森最樂意逮捕下獄的那種罪犯——剝削貧民的大爺，專放高利貸的惡霸。不幸的是，這種人通常碰不得，儘管大家都知道他們不僅存在、而且還活得健健康康，甚至受到頑固法律的正式保護。

他決定不獨自出馬。一方面，因為當警察這麼多年來，他單槍匹馬、恣意獨行地進行過多次調查，卻也時常因此遭受批評。因而他升等的希望，就像近期這一回，經常變得微乎其微。再者，他也不想冒任何風險。這件事必須做得乾乾淨淨、漂漂亮亮。

難得一次他願意照章行事，所以，他當然應該為避免出錯預做周全準備。

可是，他要到哪裡去找一個夥伴呢？

他自己的部門沒有人手，柯柏說過，瓦斯貝加警局那邊的情況也半斤八兩。

情急之下，他打電話到第四分局，在經過許多「如果」和「但是」的說辭之後，終於得到一個正面的答案。

「如果真的那麼重要，也許我可以提供你一個人手。」局長說。

「你真是太慷慨了。」

「你以為這很容易嗎，這關頭還給你們人手支援？應該是由你們提供我們支援才對，是不是？」

「不容易，不容易，」剛瓦德・拉森說，「這我明白。」

一大票警力被派去各個大使館和旅遊機構外面站崗。此舉並無益處，萬一發生破壞或示威活動，警方也做不出什麼建設性的舉動。警察是種愚蠢又無聊至極的工作，唯一稱得上有趣的，就是要警棍，可是警政署長現在又禁止他們使用警棍。

「好吧，」剛瓦德・拉森說，「這個傢伙是誰？」

「他姓薩克里森。是從瑪麗亞分局來的，通常擔任便衣。」

剛瓦德．拉森的金色眉毛一皺。

「我知道他。」他的語氣裡毫無興奮之情。

「是嗎？好，那應該幫得上——」

「只要他媽的叫他別穿上制服，」剛瓦德．拉森說，「而且在四點五十五分就得在大樓外等著。」他想了一下又補充說，「說是說外面，但可不是要他像個老牌保鏢那樣叉著手臂站在大門外。」

「我了解。」

「很好。」剛瓦德．拉森掛斷電話。

他在四點五十五分整抵達國王街的大樓，而且馬上發現薩克里森正一臉畏怯地站在那裡，盯著一個陳設女性內衣的店櫥窗。

剛瓦德．拉森陰沉地打量著薩克里森。對方所謂的「便衣」，就是套上一件運動外套而已，除此之外，他還是穿著制式長褲和襯衫，甚至打著相配的警察領帶。所有白痴從幾百哩外都看得出他是個警察。不僅如此，他還兩腳分開地站著，兩手交握在背後，身體隨著腳跟前後搖擺。現在只差一樣東西，這畫面就十分完整了——一只裝了警帽和警棍的紙袋。

薩克里森一看見剛瓦德．拉森，便挺直胸膛，像是要立正接受檢閱。他的腦海浮現出他們先前合作的可怕經驗。

「放輕鬆。」剛瓦德・拉森說，「你外套右口袋裡是什麼？」

「我的手槍。」

「難道不能用點腦筋，把槍放進肩帶嗎？」

「我找不到肩帶。」薩克里森畏怯地說。

「老天爺，那就放在你的腰帶裡嘛。」

他立即把手插進口袋。

「不要在這裡換，看在老天的份上。」剛瓦德・拉森說，「進門裡去弄，小心點。」

薩克里森遵命行事。

回來以後，他的外觀改進了一點，但還是不多。

「聽著，」剛瓦德・拉森說，「我們預料有個傢伙會在五點過後出現，走進大樓。他看起來像這模樣。」

他拿出一張照片給他看，照片在他的大手掌裡顯得十分微小。這張照片很模糊，但這是他唯一能找到的一張。

薩克里森點點頭。

「他會走進大樓，而且如果我沒料錯，他會在幾分鐘內又出來。屆時他可能會提著一只黑色皮質手提箱，上面繫著兩條帶子。」

「他是個搶劫犯嗎？」

「沒錯，是類似那樣的人物。我要你待在大樓外靠門的地方。」

薩克里森又點點頭。

「我要上樓去。我可能會在樓上逮人，但也可能先按兵不動。他或許會開車來，然後把車停在門口。他很急，有可能進去時會讓車子引擎繼續開著。車子應該是黑色的賓士，但不是百分之百確定。如果他手裡提著皮箱走出來，而我沒有在他旁邊，那麼無論如何不要讓他開車溜掉，一定要擋住他，直到我出來為止。」

聽命的警員露出一副堅決的表情。

「還有，看在老天的份上，你能不能看起來像平常人一點？不要好像在美國貿易中心外面站崗似的。」

薩克里森有點臉紅，而且面容有些困惑。

「好……」他喃喃地說。緊接著他問：「他危險嗎？」

「可能。」剛瓦德．拉森隨口應道。

若要依拉森自己的看法，波伯格的危險程度就和一隻蝨子差不多。

「好，我告訴你的事情你都記得了？」他說。

薩克里森好不容易恢復了自信，點點頭。

剛瓦德・拉森走進大門。裡面的大廳又大又空曠，看來多數公司都下班了。

他步上樓梯。就在他走過掛有「漢普斯・波伯格公司」和「維克多・帕姆葛倫借貸與金融公司」兩個名牌的門口時，一個年約三十五歲的黑髮女子正在外面鎖門。顯然是祕書。

剛瓦德掠了一眼手上的錶，時間顯示五點整。準時是美德。

那女人按下電梯按鈕，連看都沒有看他一眼。他走到下一段樓梯的半途，然後動也不動地站在那裡等著。

這個等待相當漫長，而且極度乏味。在隨後的十五分鐘內，電梯被使用了三次，而且有兩次，有一些他不感興趣的人從樓梯上下來，應該都是為了加班而來的人。一旦有這種情形，剛瓦德・拉森就往上走，在上一層樓和他們面對面擦身而過。之後，他再回到原位。五點五十七分，他聽到電梯升上來的聲音，同時還有一陣沉重的步伐迫近。這次，腳步聲是從下面傳來的。電梯停住了，一個男人走了出來，他手上有一大串鑰匙，就剛瓦德・拉森的看法，他極有可能是漢普斯・波伯格——天氣這麼熱，他不但戴了帽子，還穿著大衣。他打開公司的門鎖，走進去，並將門關上。

此時，從樓梯上來的那個男人已經走過波伯格公司的門前，而且繼續往樓上走。他體型龐大，穿著工作服和一件格紋襯衫。當他看到剛瓦德．拉森時，他止住腳步，大聲說：「你在做什麼，竟在這裡鬼混，哼？」

「沒你的事。」剛瓦德．拉森小聲說道。

那男人身上帶著啤酒或琴酒的氣味，或許兩者都有。

「當然他媽的有我的事，」男人固執地說，「我是這裡的管理員。」

他立在樓梯正中央，一手按著牆，一手按著樓梯扶手，像是要擋住去路。

「我是警察。」剛瓦德．拉森耳語似地說。

就在這一瞬間，公司的門打開來，波伯格——或無論那是誰——走了出來，手上提著那只著名的皮箱。

「警察！」管理員的聲音粗暴震耳地說，「你最好先證明身分，以免我……」

提著手提箱的男人一秒鐘也沒遲疑，立刻放棄等待緩慢的電梯，以最快速度衝下樓梯。

剛瓦德．拉森的處境很尷尬，而且也沒有時間在這裡囉唆。如果賞一拳給這個穿工作服的傢伙，他大概會摔下樓梯跌斷頸子。短暫遲疑之後，他決定用右手把他撇到一邊去。這應該是相當簡單的事，但管理員抗拒，反而攫住剛瓦德．拉森的夾克不放。就在扭開管理員的拉扯之際，他聽到衣服被撕裂的聲音。外力在衣服上扯開的裂口令他怒火中燒，他半轉過身，一拳打在對方的手腕上。管理員痛哼一聲鬆手，但此時波伯格已經領先許多距離了。

剛瓦德．拉森一股腦衝下樓，背後還聽到管理員粗魯的咒罵，和他模糊、拖拉著的腳步聲。

一樓大廳裡的情景則是荒唐滑稽到極點。

薩克里森此時已經從大門跑進來，跨開兩腿站在那裡，正掀開外套翻找手槍。

「站住！我是警察！」他喊道。

波伯格煞住腳步，提著皮箱的右手一刻也沒鬆開，他將左手插進大衣口袋，抽出一把槍，對著天花板開火。剛瓦德．拉森從那槍響就可確定那是一把比賽用的開跑槍，或是舞台道具槍，不然就是某種玩具槍。

薩克里森整個人趴在大理石地板上，朝前開了一槍，但是沒打中。剛瓦德．拉森緊貼牆壁站著。波伯格往大廳後方、也就是遠離大門、背對警察的方向跑，那邊可能有一道後門。薩克里森又開了一槍，還是沒打中。提皮箱的男子這時距離剛瓦德．拉森僅十呎之遙，仍努力地往大樓內部撤退。

薩克里森又開了三槍，槍槍不中。

他們在警察學校到底是怎麼學的？剛瓦德．拉森納悶不已。

子彈飛躍在石牆之間。

其中一顆射進剛瓦德．拉森的右腳鞋跟，是證明義大利製鞋技術無以倫比的又一佳例。

「停火！」他大吼。

薩克里森又開了一槍，但只聽到喀嗟一聲。他大概忘了再填裝子彈。

剛瓦德．拉森向前跨出三大步，一秒也不遲疑地用最大力道往漢普斯．波伯格的下巴打去。

隨著拳頭落下，他聽到清脆的一響，對方整個人垮坐下來。

管理員一邊咒罵，一邊氣喘吁吁地從樓梯間走下來。

「到底怎麼回……」他瞠目結舌。

槍火的餘煙像一層藍色的薄霧籠罩著大廳，現場彈藥味道濃重而嗆鼻。

薩克里森站起來，模樣十分狼狽。

「你到底在瞄準哪裡？」剛瓦德．拉森生氣地說。

「腿……」

「我的嗎？」

剛瓦德．拉森拾起波伯格掉在地上的武器。正如他所料，是一把開跑用的信號槍。

喧嚷的群眾開始在外面的大街上圍聚。

「你是神經病嗎？」管理員說。「那是波伯格先生耶。」

「閉嘴。」

剛瓦德・拉森說著，把地上那個男人拉拔起身。

「去拿皮箱。」他對薩克里森說，「這你處理得了吧？」

他把被捕的男人帶出大門，一路緊緊掐著他的右臂。波伯格左手摀著下巴，鮮血從指縫間滴落。

剛瓦德・拉森不管三七二十一，硬擠過吱吱喳喳的群眾，走向他的座車。薩克里森提著皮箱，蹣跚地跟在後面。

剛瓦德・拉森把人犯塞進後座，自己也坐進車裡。

「你有辦法把我們載去總局吧？」他問薩克里森。

後者無精打采地點點頭，擠進駕駛盤後。

「怎麼回事？」一個穿著灰色西裝、頭戴貝雷帽、看起來相當尊貴的市民問。

「我們在拍電影。」剛瓦德・拉森說著，用力關上車門。「你他媽的快點開車。」他對薩克里森說。

薩克里森還在翻弄鑰匙，最後，他終於發動車子。

在開往國王島街的路上，薩克里森問了一個顯然在他心頭已駐留許久的問題。

「你都沒帶槍嗎？」

「白痴。」剛瓦德・拉森疲憊地說。

一如往常，他總是把警用手槍放在腰帶夾上。

漢普斯・波伯格未發一語。

17.

漢普斯．波伯格不發一語，因為他既不願意、也沒有辦法說話。他有兩顆牙齒被打落，下巴骨頭也碎了。

到了當晚九點三十分，剛瓦德．拉森和柯柏還一直傾身對著他嘶吼一堆蠢問題。

「是誰射殺維克多．帕姆葛倫的？」

「你為什麼企圖逃亡？」

「是你雇用了殺手，對吧？」

「休想否認！」

「你最好坦白。」

「好吧，槍手是誰？」

「你為什麼不回答？」

「總之，戲玩完了，講話吧。」

波伯格有時會以搖頭答覆，提到帕姆葛倫的謀殺案時，他更是將已經扭曲的五官扭曲成一個帶著嘲諷的微笑。

柯柏猜得出他這鬼臉的意思，但除此以外，他們別無收穫。

在開頭的例行程序和隨後的詢問中，他們都曾問他是否要通知他的律師，但人犯都以搖頭作答。

「你希望除掉帕姆葛倫，這樣就可以把錢偷渡出去，對嗎？」

「槍手在哪裡？」

「還有哪個共謀？」

「講話！」

「你被拘留了。」

「你的處境很不利。」

「你為什麼要保護其他人？」

「沒有人要保護你哪。」

「喂，講話呀。」

「如果你告訴我們兇手是誰，我們或許還可以幫你減刑。」

「和我們合作才是聰明的作法。」

有時柯柏也嘗試一下比較溫和的手段。

「你是哪個年次的？在哪裡出生？」

剛瓦德·拉森則照章行事，從頭到尾都固守成規，每次都要從最基本的問題開始。

「好，讓我們再從頭開始。你是何時決定除去帕姆葛倫的？」

對方擠了擠鬼臉，搖了搖頭。

柯柏覺得男子的嘴唇應該是做出「白痴」這二字的口形。

他頓時覺得，那是個相當合宜的描述。

「如果你不能講話，那就寫在這個本子上。」

「鉛筆在這裡。」

「我們只對謀殺案有興趣。其他事情，有其他人會處理。」

「你明不明白，你有搞政治陰謀的嫌疑？」

「你是一級謀殺的從犯。」

「你到底認不認罪？」

「如果你現在就認罪，對大家都好。快認罪。」

「我們再從頭開始。你是何時決定要殺掉帕姆葛倫的？」

「快說！」

「你知道我們有足夠的證據逮捕你，你已經被拘留了。」

此話不假。毫無疑問，根據粗略估計，皮箱裡有價值大約五十萬克朗的股票和其他證券。他們是辦理凶案的警探，不是財經專家，但是對非法輸送金錢證券也略知一二。

他們在波伯格的西裝外套內袋裡，找到一張途經哥本哈根和法蘭克福飛往日內瓦的單程機票，機票裝在一只信封內。機票上用的名字是羅杰・法蘭克。

在另一邊的內袋裡有一本假護照，裡面貼著波伯格的照片，但名字是羅杰・法蘭克，職業為工程師。

「哼，怎麼樣？」

「你最該做的事，就是對著良心捫心自問。」

終於，波伯格拿起原子筆，在速記本上寫了幾個字。

他們靠過去，看見本子上寫著：

給我找個醫生來。

柯柏把剛瓦德·拉森拉到一旁，低聲說：

「也許我們應該找個醫生。我們不能再照這樣搞下去。」

剛瓦德·拉森皺起眉頭說：「我想你說得對。有什麼跡象顯示是他設計那樁他媽的謀殺案的嗎？依我看，好像不可能。」

「對，」柯柏沉思地說，「沒錯。」

他們倆都很疲倦，都想回家了。

但是他們又重覆了好幾個問題，才把事情告一段落：

「是誰射殺帕姆葛倫的？」

「我們知道你沒有殺他，但我們也知道你知道是誰幹的。他叫什麼名字？」

「他在哪裡？」

「你是什麼時候出生的？」剛瓦德·拉森的精神已經不太集中了。「在哪裡出生的？」

然後他們便放棄了。他們召來值班警醫，並把波伯格轉交給拘留所的守衛。

他們各自上了自己的車回家，柯柏回到他已經入睡的妻子身邊，剛瓦德·拉森則回去哀悼他被扯壞的衣服。

上床前，柯柏打電話給馬丁・貝克，但是找不到人。

剛瓦德・拉森沒有打給馬丁・貝克或任何人。他洗了一個長長的澡，想著他褲子上沾染的血跡、被扯破的夾克和受損的鞋子。就寢前，他讀了兩頁史坦・利維頓*的書。

當晚稍早時，柯柏目睹了一場較具教育性的求供過程。

當他和烏莎・托瑞爾一把將海倫娜・漢森帶進風化組裡一間光禿、冰冷的房間之後，她馬上崩潰，告白立即像她的眼淚一樣洶湧而出。他們得用錄音機才能捕捉到她說的每一句話。

是的，她是個應召女郎。

是的，漢普斯・波伯格是她的常客。

皮箱、飛機票和旅館訂單是他給的。她會飛到蘇黎世，把皮箱留在旅館的保險箱內，隔天他則從日內瓦過來領箱子。

如果一切順利，她會得到一萬克朗作為酬庸。她不知道皮箱裡裝了什麼東西。

漢普斯・波伯格曾說，他們不能冒險搭同一班飛機。

警察找上門時，她曾聯絡以化名法蘭克的身分住在卡登旅館的波伯格，但聯絡不上。

馬爾摩那件工作的酬金是一千五百克朗，不是一千克朗。

她還吐露了好幾個她所屬的應召女郎圈的聯絡號碼。

她說她真的是完全無辜，不知道這究竟是怎麼回事。

她是個妓女，可是幹這行的又不是只有她，她從來沒做過其他壞事。

她對那起謀殺案完全不知情。

總之，除了已經告訴他們的事情之外，她完全一無所知。

關於這點，柯柏傾向相信她，對其他答案也一樣。

＊　史坦．利維頓（Stein Riverton, 1884-1934），是挪威籍記者、偵探小說作家Sven Elvestad的筆名。

18.

馬爾摩市。包森正在進行監視工作。

最初幾天，像週六和週日，他都將精神集中在旅館人員身上，就是所謂的循序漸進圍攻獵物。依據經驗，他深知，若是知道要找的人是誰，任務就會比較容易成功。

他在旅館的餐廳裡用餐，用餐之間的其餘時間都待在旅館大廳。他很快就發現，坐在餐廳、躲在報紙後面豎直耳朵的收穫，其實極為有限。大多數客人交談時用的都是他無法理解的外國語言，而工作人員要是討論起星期三的那起事件，也不會剛好在他的餐桌附近進行。

包森決定扮演一個從報上讀到這起聳動事件的好奇客人。他喚了一個服務生過來，是個態度淡漠的年輕人，面頰兩旁留著鬢腳，還穿著一件尺寸過大的亮白色外套。

包森試圖打開一場關於槍殺案的談話，但服務生不感興趣，一直只以「嗯、啊、噢」回答，而且，目光有時還會飄向敞開的窗戶。

他有沒有看到兇手？

呃——有。

兇手是不是那種留著長髮的人物？

不——不是。

他真的沒有留長髮嗎，或者，至少穿得很邋遢吧？

他的頭髮也許有點長，我看得不是很清楚；總之，他穿著一件外套。

服務生隨後便藉口廚房有事離開了。

包森思考著。

如果一個人平常都留長髮、蓄鬍、穿著牛仔褲和邋遢的夾克，那麼要偽裝自己再簡單不過。他只要剪掉長髮，修掉鬍子，穿上西裝，就沒有人認得出來。這種偽裝會有的問題，就是需要一段時間那人才能恢復原本的樣子。因此，應該很容易找得到這個人。

包森對此結論相當高興。

然而，這種左派人物有很多看起來都像平常人。他曾多次在斯德哥爾摩的示威活動中值勤，所以有注意到這一點。這讓他覺得很討厭。穿著工裝、別著大紅色毛澤東徽章的人就算不成群結隊，也很容易辨認。但那些穿著上班西裝、鬍髭刮得乾乾淨淨、頭髮剪得整整齊齊、把傳單和顛覆文件藏在外型俐落的公事包裡的那類狡猾人物，就讓他的工作變得複雜許多。這表示，這種人其實不必採取極不衛生的極端手段，就能掩飾自己，但這樣還是很令人討厭。

領班走來他的餐桌旁。

「餐點還好嗎？」他問。

他長得矮矮的，有一頭剪得服貼的短髮，眼裡帶著幽默神色。他一定會比先前的那個服務生警覺性高，而且愛講話。

「非常好，謝謝。」包森馬上轉向那個話題，「我在想星期三發生的那件事。當時你在這裡嗎？」

「是的，當晚我有上班。真恐怖。而且他們還沒抓到兇手。」

「你有看到他嗎？」

「嗯，你知道，一切發生得非常快。他進來的時候我不在餐廳，我是在他開槍之後才進來的。所以，可以說，我只瞄到一眼。」

包森萌生一個好主意。

「他不會是個有色人種吧？」

「你說什麼？」

「我的意思是，講明白一點，就是黑鬼。他是不是黑人？」

「不是。為什麼他應該是黑人？」領班一副驚訝的口氣。

「你知道，有些黑人膚色非常淡，如果不仔細看，還真看不出來是黑人呢，真的。」

「沒有，我沒聽過這種說法。其他人看得比我清楚，如果他是黑人，一定有些人會注意到，而且會提起這件事。不是，他應該不是。」

「嗯，好吧。」包森說，「這只是我突然想到的念頭……」

包森把整個星期六晚上都耗在酒吧裡，喝了各式各樣的非酒精飲料。等到他點了第六杯飲料——一杯名為「Pussyfoot」*的調飲時，連平時不容易吃驚的酒保都露出錯愕的表情。

旅館的酒吧週日晚上不開，包森於是待在大廳裡。他在櫃台旁邊晃盪，但櫃台職員似乎非常忙碌，一下接電話，一下研究帳簿，不時還捲起兩肘袖子，有時還外套衣襬翩翩飛揚地趕去幫客人解決緊急事務。最後，包森找到機會和他講了幾句話，但對方對於包森所有的理論都不予支持。對於兇手是不是黑人這點，這位職員尤其斷然否定。

包森在旅館的燒烤店點了一客匈牙利紅椒煎豬排，作為這一天的結束。這邊的客人比餐廳那邊多，也比較年輕，而且他聽到附近幾張桌子有些挺好玩的談話。包森旁邊那桌，有兩個男子和一名女子在討論一些他無法全然理解的事，這讓他極為不快。但有一段時間，他們也提起維克多．帕姆葛倫的謀殺案。

較為年輕的那名男子留著長長的紅髮和茂密的鬍髭，表現出他對死者的厭惡，和對兇手的敬意。

包森仔細地研究了他的長相，並在心裡暗暗做了筆記。

隔天是星期一，包森決定把調查範圍擴展到倫德市。

倫德市有學生，而有學生的地方就會有激進份子。他在旅館房間就有一長串倫德市當地嫌疑異議人士的名單。

因此，當天下午他搭火車來到過去從未踏足過的這個大學城，展開他對該地學生的調查行動。

那天天氣格外炎熱，包森穿著方格花紋的西裝，大汗淋漓。

他找到了大學的所在。烈日下的校園一片死寂，似乎沒有什麼革命活動在進行。包森想起以前曾看過毛澤東在揚子江裡游泳的照片。也許倫德市的毛派份子此刻正學習毛主席的榜樣，在侯磯河裡游泳。

＊一種以柳橙汁、檸檬汁、萊姆汁、糖漿、蛋黃，加上薄荷葉的無酒精調飲。

包森脫掉外套，走去倫德教堂瞧一瞧。他很驚訝著名的「芬恩巨人」*雕像竟然這麼小。他買了一張雕像的明信片，好寄給他太太。

從教堂出來的路上，他看到一張布告，說學生聯合會當晚有一場舞會。包森決定去參加，但因為時間還早，他得找個方法消磨。

包森在因為暑假而少有人跡的城裡閒盪，又到市立公園的大樹下散心，沿著植物園沙石走道漫步許久，突然覺得非常餓。他到史托卡拉蘭餐廳吃了一頓簡單的晚餐，然後叫了一杯咖啡，坐在那裡觀看外面廣場上稀稀落落的活動。

對於要如何追查殺害維克多・帕姆葛倫的兇手，他毫無主張。瑞典可說從未有過政治暗殺案——他不記得近代以來有過任何政治謀殺事件。他真希望手上的情報不是這麼曖昧，真希望能再多知道一點，好讓他曉得該從何處著手。

等到天色暗下，街燈亮起，他便付了帳，去找布告上提及的那家迪斯可舞廳。

最後，這趟歷險也是毫無所獲。那裡大約有二十名青少年在喝啤酒，就著震耳欲聾的搖滾樂在跳舞。包森和其中幾個談了話，結果他們根本不是學生。他喝了一小杯啤酒，然後就搭火車回到馬爾摩。

他在旅館電梯裡和馬丁・貝克不期而遇。雖然電梯裡只有他們倆，後者卻只把目光固定在包森頭上的某一點，自顧自地吹著無聲的口哨。等到電梯停下，他跟包森眨眨眼，把手指貼在唇上，便走了出去。

＊相傳倫德教堂是由巨人協助僧侶建造，但巨人要求的條件，是要僧侶在完工之前猜出他的名字，否則就要奪去他的心臟和雙眼。將近完工前，僧侶某天在河邊偶然聽到一個女巨人在唱歌，意外得知巨人的真名。當巨人在教堂完工那天準備取其性命時，僧侶說出了「芬恩」兩字。出乎意料的巨人惱羞成怒，打算拉倒柱子讓教堂崩毀，卻在抱住柱子時石化，和倫德教堂的石柱融為一體。

19.

星期一下午，梅森打電話給他在丹麥的同行。

「你這是幹什麼？」默根生說，「上班時間打來，以為我在調查局裡都在睡覺嗎？」

「你在講什麼嘛。」梅森說。

「啊，我明白了，事情太過緊急，你就是不能等到晚上。好吧，說來聽聽，反正我也只是坐在這裡繞拇指乾瞪眼。」

「歐勒・郝夫－傑生，」梅森說，「此人是某家公司的主管，該公司是維克多・帕姆葛倫國際企業的一部分——你知道，就是上週在我們這裡被人槍殺的那傢伙。我想知道那是哪種公司，辦公室在哪裡。越快越好。」

「好了，知道啦。」默根生回答，「我會給你回電。」

半小時過後。

「不難查，你在聽嗎？」默根生說。

「當然。說吧。」

梅森把他的鉛筆抓過來。

「歐勒・郝夫—傑生先生現年四十八歲，已婚，有兩個女兒。他太太叫貝絲，現年四十三歲。他們住在海勒拉普市的理查里斯大道。公司是一家叫『空中運輸』的空運公司，主要辦公室在哥本哈根的考陀維特街，另外在卡特洛機場也有辦事處。該公司擁有五架DC－6型的飛機。你還想知道什麼其他的？」

「沒有了，謝謝。目前這樣就夠了。對了，你好不好啊？」

「糟透了，而且好熱，這熱浪把人都給逼瘋了，城裡滿是瘋癲怪誕的案子，犯案的多是瑞典人。再見。」

掛斷電話那當下，梅森想起竟忘了問空運公司的電話號碼。

他請總機查，花了許久時間。等到終於打通時，對方告知他，郝夫—傑生要到隔天才聯絡得上，而且，他可以在十一點以後去見他。

這樣也好，梅森想，我今天沒辦法再招架另一個主管了。

他把週一下午剩餘的時間用於處理一些例行公事，這些是無論如何也得處理掉的。

星期二早上，他到旅館外面去接馬丁・貝克。依計劃，他們要搭飛艇前往哥本哈根，但馬丁．貝克說他想搭真正的船，而且，何不將工作與娛樂結合，在渡海時一起吃個午飯。他查過了，馬爾摩赫斯號將在二十分鐘內啟程。

船上乘客不多，餐飲室裡只有兩張桌子有客人。他們試了些鯡魚小菜，也吃了牛肉香腸，接著就到吧台去喝咖啡。

松德海峽平滑如鏡，但周圍景觀並不是全然清晰。文島的輪廓閃爍在一片迷濛當中，也難以辨識出島上的那座白色小教堂和那片綠色的陡坡。馬丁．貝克興味盎然地觀察頻繁來往的船隻，當他看到一艘船身優雅、煙囪俊挺的蒸汽船時，心中感到一陣暢快。

邊喝著咖啡，馬丁．貝克大略說明柯柏和剛瓦德．拉森從波伯格和海倫娜．漢森那兒發現的情報。情況已經夠糟糕了，但那些新發現對謀殺案的調查還是沒有實際貢獻。

下船後，他們搭火車到中央車站，再從車站徒步穿過拉德赫斯廣場，經過重重窄街，才抵達考陀維特街。空中運輸公司位在一幢老建築的頂樓，由於沒有電梯，他們得一層層爬上陡峭狹窄的樓梯。

這樓房雖然老舊，但公司的室內布置倒是十分現代。他們走進長窄的走道，兩旁許多扇門都鋪著有襯墊的綠色人造皮。門與門之間的牆壁掛滿舊式飛機的大型複製照片，在每一張圖片底下都有一張皮質小扶手椅，和一座有支架的銅製菸灰缸。這走道通往一間大房間，裡面有兩扇高大的窗戶，面向外面的廣場。

接待小姐坐在背對窗戶的一張白鐵皮桌子後，既不年輕，也不是特別漂亮。然而，她的聲音相當悅耳；梅森認出那就是前一天接聽他電話的聲音。她還有一頭透著草莓紅色的華麗金髮。她正在接聽電話，很有禮貌地以手勢示意他們先就座稍候。梅森坐上扶手椅，拿出牙籤——他又從渡輪餐飲室的佐料架上為自己補了些貨。馬丁・貝克還是站在那裡觀看房間一角的一座老磚爐。

接待小姐在電話上用的是西班牙語，那是馬丁・貝克和梅森都不在行的語言，很快地，他們都聽累了。

終於，這位有著透紅金髮的女士講完電話，面帶微笑地站了起來。

「我猜兩位先生是瑞典警方吧。」她說，「請稍等，讓我通知郝夫—傑生先生。」

她消失在兩扇鋪著相同人造皮的雙扇門裡，不過這裡的人造皮是咖啡色的，上面還飾有發亮的銅鈕。雙扇門在她身後無聲無息地闔上。雖然拉長了耳朵，馬丁・貝克還是聽不見裡面的聲響。不到一分鐘，門又打開來，郝夫—傑生伸出手向他們走來。

他體魄健美，皮膚晒成紅銅色。綻放的笑容露出了在整齊的鬍髭底下那一口潔白無瑕的牙齒。他的穿著是精心搭配過的非傳統樣式，橄欖綠色的生絲薄襯衫，一件較暗色的愛爾蘭斜紋軟呢外套，再配上栗棕色的長褲和米色的莫卡辛鞋。貼著襯衫領圍的濃厚鬈髮是銀灰色的，正好和紅棕色的皮膚相對映。他的胸膛寬闊，大臉上的五官顯得剛毅有力。他剪得服貼的短髮和鬍髭都是白金色的；相較於魁梧的上身，他的臀部似乎窄小得不自然。

和馬丁．貝克及梅森握手後，他握著門把請他們入內。關門之前，他對祕書說：「不要打攪。」

郝夫─傑生等到兩位警官都入座後，才在桌子後坐下。他靠向椅背，拿起近旁菸灰缸裡一根正裊裊生煙的雪茄。

「呃，我猜兩位先生是為了可憐的維克多而來的。你們還沒找到人犯嗎？」

「還沒。」馬丁．貝克說。

「除了在馬爾摩可怕的那一晚被詢問過的事情之外，我實在沒有什麼可說的了，一切都發生在瞬息之間。」

「但你有時間看到開槍者，不是嗎？」梅森說，「你就坐在面對他的方向。」

「當然。」郝夫─傑生吐出一口菸。

他想了一會兒才繼續。

「但是在槍響之前，我根本沒注意到那個人，而且事後我又過了一分鐘，才領悟過來到底出了什麼事。我看見維克多倒在桌子上，但當下不知道他受了槍傷，雖然我確實聽到槍響。然後，我看見那個拿著左輪手槍的男子——我想那是一把左輪，他衝向窗戶，接著就消失無蹤了。我嚇了一跳，沒時間去注意他的長相。因此，兩位先生，你們知道，我幫不上太多忙。」

他舉起兩臂，做出某種抱歉的手勢，而後落在有襯墊的座椅扶手上。

「但是你的確看到他，」馬丁・貝克說，「你一定多少有點印象。」

「如果要我描述，我會說，他看起來像個中年人，我想可能還有點邋遢。我沒看到他的臉；等到我抬起頭，他已經背對我了。他的手腳一定很矯健，才能那麼快就跳出那扇窗戶。」

他傾身向前，在菸灰缸裡捻熄了雪茄。

「你太太呢？」梅森問，「她有特別看到什麼嗎？」

「什麼都沒看到。」郝夫—傑生回答，「內人是個非常敏感、容易激動的女人。這件事對她來說是個可怕的打擊，她過了好幾天才平靜下來。再說，當時她就坐在維克多旁邊，因此背對著兇手。你們不會堅持要詢問她吧？」

「不會，可能沒有必要。」馬丁・貝克說。

「你們人真好。」郝夫—傑生露出微笑，「呃，要是這樣的話……」

他握著兩邊扶手，作勢要站起來，梅森趕緊說：

「我們還有幾個問題，如果你不介意的話，郝夫—傑生先生。」

「是——什麼問題？」

「你擔任這家公司的主管多久了？」

「從十一年前公司成立到現在。我年輕的時候是飛機駕駛員，之後到美國研讀廣告學，在維克多聘我來哥本哈根當空中運輸的主管之前，我是一家航空公司的公關主任。」

「目前呢？雖然他過世了，你還是照常營業嗎？」

郝夫—傑生敞開雙臂，露出他整套美麗的假牙。

「這戲還是得演下去啊。」他說。

房間裡一片肅靜。馬丁．貝克斜瞄梅森一眼，他在座椅裡陷得更低，一臉嫌惡地瞪著靠在磚爐旁邊那滿滿一袋的高爾夫球桿。

「現在誰會成為這企業的領導人？」馬丁．貝克說。

「啊，好問題。」郝夫—傑生說。「小蘭德可能還太年輕。波伯格呢，呃，我想他跟我一樣，光是目前手上的事就已經夠忙了。」

「你和帕姆葛倫先生處得如何？」

「非常好，我覺得。他對我這個人和我的經營方式有十足的信心。」

「空中運輸到底是在做什麼?」馬丁・貝克一問完,立刻就想到回答會是什麼。

「空運貨物,就像公司名稱所指的那樣。」郝夫—傑生說。

他把一盒雪茄舉到梅森和馬丁・貝克眼前,兩人都搖搖頭,他自己則取了一根點燃。馬丁・貝克點了一根佛羅里達牌香菸,吸了一口,然後說:

「是的,我了解,但是哪種貨物?你有五架飛機,對嗎?」

郝夫—傑生點點頭,看著雪茄的菸灰,思索了一會兒,然後說:

「我們運輸的貨物主要是公司自家的產品,大多是魚罐頭。其中一架還裝有冷凍設備。我們有時也會做出租運輸。哥本哈根有些公司或機構也會找我們做各種運輸。」

「你們都飛哪些國家?」馬丁・貝克問。

「多半是歐洲國家,如果不包括東歐的話。有時也飛非洲。」

「非洲?」

「那多半是出租業務,季節性的。」郝夫—傑生故意看看手錶。

梅森坐直起來,掏出嘴裡的牙籤,指點著郝夫—傑生。

「你和漢普斯・波伯格有多熟?」

這個丹麥人聳聳肩。

「不是很熟。我們有時會在董事會上碰面，就像上星期三，有時會通通電話。如此而已。」

「你知道他目前人在哪裡嗎？」梅森問。

「斯德哥爾摩吧，我猜，他家在那裡，辦公室也是。」

郝夫─傑生似乎對這個問題感到意外。

「帕姆葛倫和波伯格的關係好嗎？」馬丁．貝克問。

「據我所知，很好吧。但他們之間或許不像維克多和我這麼親密。我們常一起打高爾夫，而且生意之外的時間也會碰面。依我看，維克多和漢普斯．波伯格的關係比較像是老闆和下屬。」

這語氣透露出他對漢普斯．波伯格的睥睨。

「你以前見過波伯格先生的祕書嗎？」梅森問。

「那個金髮女郎嗎？沒有，那是第一次。一個很甜美的女孩。」

「你有多少雇員？」馬丁．貝克問。

郝夫─傑生停下來思考。

「目前有二十二個，」他說，「有時會有點變動，那要看……」他暫停一下，聳聳肩，「呃，看季節、還有生意本身性質而定。」他語意含糊地說。

「你的飛機目前在哪些地方？」馬丁．貝克問。

「兩架在卡斯特洛，一架在羅馬，還有一架在聖多美修理引擎，第五架在葡萄牙。」

馬丁・貝克突然站起來，說道：

「謝謝你。如果有想到其他事情，能否麻煩你通知我們？最近你都會待在哥本哈根這裡吧？」

「對，我會待在這裡。」郝夫—傑生說。

他把雪茄放下，但還是坐著不動。

梅森走到門邊，轉過身來：「你也不知道有誰會想取維克多・帕姆葛倫的性命吧？」

郝夫—傑生拾起雪茄，定定地凝視梅森說：

「我不知道。顯然就是開槍殺他的那個人吧。再見了，兩位先生。」

他們沿著考柏馬街走到阿馬格廣場。梅森望著列德街的方向，他認識的一個女人就住在那裡。她是來自瑞典斯堪尼省的雕刻家，偏好在哥本哈根生活。他是一年前因為一起調查案而結識這女子。她叫娜嘉，他非常喜歡她。他們偶爾會見面，通常是在她的住處，他們一起睡覺，相處甚歡。他們倆都無意受誓約束縛，而且也都謹慎地彼此不過度干涉對方的生活。過去一年來，他們的關係可說是完美無瑕。梅森唯一的問題，是他和妻子的週末聚會已無法讓他快樂；他寧可和娜嘉在一起。

史特羅港人潮洶湧，似乎多半都是觀光客。向來不喜歡人潮的馬丁．貝克拉著梅森穿過北歐遊樂場入口外的人群，走上里勒康根路。他們在史坎布生餐廳各自喝了一瓶窖藏溫度的Tuborg啤酒；餐廳裡也相當擁擠，但比起街上的群眾，至少這裡的人和他們比較氣味相投。

梅森說服了馬丁．貝克搭飛艇回瑞典。這艘飛艇叫「史瓦蘭」，在海上，馬丁．貝克覺得很不舒服。

四十分鐘後，他們已離開了丹麥國土，走進梅森的辦公室。

桌子上有一張技術組所留的訊息：

「彈道檢驗完成。渥爾留言。」

20.

馬丁．貝克和梅森看著讓維克多．帕姆葛倫喪命的那顆子彈。子彈就放在他們面前的一張白紙上。他們倆一致的意見是，這顆子彈看起來既渺小又無害。

子彈因為撞擊而有點變形，但改變不大，即使如此，專家不到幾秒內就能斷定該武器的口徑。事實上，就算不是專家也知道。

「一把〇．二二口徑的手槍，」梅森沉思著說，「很詭異。」

馬丁．貝克點點頭。

「誰會想用一把〇．二二口徑的手槍殺人？真是見鬼。」梅森說。

他檢視那顆小小的鎳皮子彈，搖著沉重的大頭。

他自問自答：「沒有人會，尤其若不是預謀的話。」

馬丁．貝克清清喉嚨。他和往常一樣，又要犯感冒了，雖然此時正是多年來最炎熱的盛夏。

那到秋天時該怎麼辦，當濕氣和濃霧籠罩全國，而且四周充塞來自全球各地的各式病菌時？

「如果在美國，這就可以證明槍手是個真正的高手。」他說，「這是一種驕傲的虛榮，顯示兇手是個真正的行家，他無需使用任何不必要的手段。」

「馬爾摩可不是芝加哥。」梅森直截了當地說。

「瑟罕・瑟罕就是用一把艾維・強森〇・二二口徑的手槍暗殺了羅伯特・甘迺迪。」史卡基說。他正好在他們背後。

「沒錯。」馬丁・貝克說，「但是他當時已不顧死活，把槍膛裡所有子彈全打光，像瘋子一樣射得到處都是。」

「總之，他是個外行人。」史卡基說。

「對。而且打中甘迺迪的那一槍完全是碰巧。其他子彈打到的都是旁觀的群眾。」

「這傢伙瞄準得很仔細，只開了一槍。」梅森說，「據我們所知，他先用拇指把槍翹起來一下，才扣下扳機。」

「他是個右撇子，」馬丁・貝克說，「不過，大多數人都是。」

「嗯，」梅森說，「這其中有鬼。」

「是啊，確實如此。」馬丁・貝克說，「你有想到什麼特別之處嗎？」

梅森喃喃自語了一分鐘。然後說：

「我在想，這傢伙的動作非常專業，尤其是用槍方式，而且他很清楚要對誰開槍。」

「是啊……」

「而且他只開了一槍。如果運氣不好，子彈有可能直接撞到頭骨跳開來。結果呢，子彈是斜斜打進去，光是那樣，就足以減掉一些衝擊力。」

馬丁・貝克也這麼猜過，但無法從這般推理得到合乎邏輯的結論。

在沉默當中，他們開始研讀起檢驗那顆子彈的技師所寫的報告。

一九二七年，在美國麻省迪德罕鎮發生了「沙可和范基逖案」*，彈道學在本案冗長的審判過程中有了國際性的突破，儘管進展極大，但基本原則還是不變的。當時凱文・高達提出了螺旋測量單位、測微顯微鏡和比較顯微鏡等技術，從那時起，世界各地有許多罪案調查，便以彈道學證據做為判案基礎。

如果子彈、彈殼和武器都找得到，那麼，對罪證專家來說，要證實某顆子彈是否是從某把槍枝擊出的，便是再簡單不過的事。如果三樣裡只找得到兩樣——通常是子彈和彈藥匣——那麼要推論槍型也相當容易。

---

* 沙可與范基逖（Sacco and Vanzetti）兩人為美國無政府主義者，被控以謀殺和偷竊之名判罪行刑，當時引起國際間的抗議，被視為政治迫害。

就在發火的扣針撞擊火藥雷管、然後子彈從槍口射出的那一剎那，不同的槍型會在彈殼和子彈上留下不同的特徵。自從洛卡德*的弟子哈利・塞得曼在三〇年代早期建構出瑞典的第一個比較顯微鏡後，他們又緩慢但確實地建立起一套詳盡的對照表，可從中查出不同型的槍枝在其所使用的彈藥匣上會造成什麼效果。

即使大家都知道彈道學有其精確性，但在眼前這個例子上卻幫不上忙，因為他們只有子彈這一項物證，而且這顆子彈還變了形。

無論如何，彈道檢驗專家還是編了一張表，列出所有可能的武器。

馬丁・貝克和梅森馬上就能指出其中有幾樣是不可能的。要做出如此結論，只需一點常識即可。

首先、而且最重要的，就是所有自動型手槍都可略去。因為自動手槍在槍身產生後座力時，會吐出彈殼；但警方在這個例子中找不到彈殼。的確，彈殼有可能掉在最不可能的所在，例如貝克隆懷疑的馬鈴薯泥裡，或是衣物及任何地方。過去曾有彈殼掉進口袋和褲折的前例，而且過了許久之後才發現。

然而本案搜集到的證言似乎無可懷疑。即使是發現現場沒有人是武器專家，但所有證詞全都指向一點——兇手用的是一把左輪手槍。而眾所皆知，左輪手槍不會吐出彈殼，彈殼會留在彈藥匣的圓筒內，直到有人將之取出。

彈道專家寫的報告非常長，即使馬丁．貝克和梅森花了一個小時的寶貴時間將之縮短，結果還是相當繁冗。

「唉，唉，」梅森抓抓頭，「這份報告沒能提供多少指引，除非我們能找到那把槍，或是其他能指引明確方向的東西。」

「例如？」馬丁．貝克問。

「不知道。」梅森說。

馬丁．貝克用一條摺好的手帕抹去額頭上的汗水，再將手帕整條打開來擤鼻子。

他看看那一長列左輪手槍的名單，鬱悶地喃喃唸道：

「考特．考勃拉，史密斯&威森三四型，國際火器，哈靈頓&理查森九〇〇型，哈靈頓&理查森六二二型，哈靈頓&理查森九二六型，哈靈頓&理查森夥伴型，哈靈頓&理查森四九型，哈靈頓&理查森運動家型……」

「運動家。」梅森自言自語。

＊ 洛卡德（Edmond Locard,1877-1966）法國司法科學家，提出「行為人一定會帶走一些東西，也會留下一些東西」的「洛卡德物質交換定律」，是為偵查學的基礎理論。

「我想跟這家叫『哈靈頓&理查森』公司的人談一談，」馬丁・貝克說，「他們為什麼不能只出一種型號就好？」

「或者根本不要出。」梅森說。

馬丁・貝克翻到次頁，繼續喃喃唸道：

「艾維・強森響尾蛇型，艾維・強森新兵型，艾維・強森北歐海盜型，艾維・強森獅子鼻……我們應該可以劃掉這一項，每個人都說那把槍的槍身很長。」

梅森走到窗戶旁，若有所思地望著警局外面的中庭。他已經沒在聽了，馬丁・貝克的聲音在他耳裡不過是一陣陣的嗡嗡聲響。

「赫特牌〇・二二口徑，拉馬，厄斯特拉・卡第克斯，阿米尼爾斯，羅西，郝伊斯德州警長型，郝伊斯蒙特拿警長型，皮克大七型。老天，有完沒完啊。」

梅森沒有回答。他正在想別的事。

「光是這座城市裡就不曉得有幾把左輪手槍。」馬丁・貝克說。

這是一個無法回答的問題，總之數目一定非常大——有家傳的，有偷來的，還有走私進來的，藏在衣櫥、抽屜和舊衣箱裡。這些槍當然是非法的，但大家並不在乎。

當然，還有人確實擁有持槍執照，但為數不多。

唯一可以確定不可能有左輪手槍，或至少不會帶這種槍在身上的，就是警察。瑞典警察配備的是蠢鈍到家的七・六五釐米的華特手槍。這種自動手槍雖然比較容易換彈倉，但其中一項缺點就是，在需要快速抽槍時，常會被衣褲夾住，也就是行家所謂的「snag──碰到暗樁」。

史卡基敲門進來，打斷了他們的思路。

「有人得去跟柯柏談談，」他說。「他不知道該怎麼處理斯德哥爾摩那些人。」

21.

簡單來說，就是要怎麼處理漢普斯·波伯格，以及海倫娜·漢森這兩個問題人物。

而且，馬丁·貝克和柯柏必須在電話上解決此事，結果花了他們相當長的時間。

「他們現在人在哪裡？」馬丁·貝克問。

「國王島街警局。」

「被拘留嗎？」

「對。」

「我們可以拘留他們嗎？」

「檢察官認為可以。」

「認為？」

柯柏深深嘆了一口氣。

「你想說什麼？」馬丁·貝克問。

「他們是因為意圖觸犯金融法而遭拘留。但此刻還沒有任何正式的起訴罪名。」

柯柏停頓許久過後才說：「我要說的是，唯一可起訴波伯格的罪名，是他口袋裡有偽造的護照，而且當拉森和那個死愛開槍的巡警要去抓他時，他持運動開跑槍打了一記空槍。」

「是嗎？」

「而且那婊子坦承賣春。她還有一只皮箱，裡面滿滿的全是股票證券。她說那只皮箱、證券、機票都是波伯格給她的，而且付了她一萬克朗，要她把所有東西偷渡到瑞士。」

「有可能是真的。」

「當然。問題是，他們還沒有時間執行。如果拉森和我的腦袋夠靈光，應該讓他們繼續搞下去。我們可以先跟海關和護照稽查處打聲招呼，這樣就能在阿蘭達機場逮個人贓俱獲。」

「那麼，你的意思是，目前證據不足？」

「對。檢察官聲稱，法官可能會拒發逮捕令，他們認為目前的證據只夠發出限制令，命令那兩人不得離開本管轄區。」

「然後放他們走？」

「正是如此。除非你……」

「什麼？」

「除非你能說服馬爾摩那邊的檢察官，說他們被拘留，是因為他們握有帕姆葛倫謀殺案的重要情報。如果你辦得到，我們便能拘留他們，然後把人送去給你。這是這邊的律師提出的建議。」

「你的看法如何？」

「我沒有什麼看法。波伯格顯然計劃帶著一筆鉅款逃之夭夭。但是我們如果要往這個方向追查，就得把案子轉給詐欺組去處理。」

「可是波伯格真的涉及謀殺案嗎？」

「這樣說吧，自從帕姆葛倫在上週四晚上死亡後，波伯格從週五就開始有一連串的動作。這幾乎眾人皆知，不是嗎？」

「對，而且也是唯一合乎邏輯的解釋。」

「然而，就謀殺案本身來說，波伯格卻擁有全世界最優勢的非兇嫌證明，海倫娜．漢森和其他同桌的人也一樣。」

「波伯格有說什麼嗎？」

「醫生在替他的下巴包紮時，他叫過『哎喲』一聲，除此之外一個字也沒吐露。」

「你等等——」馬丁．貝克用手帕擦乾沾了汗水的話筒。

「怎麼了？」柯柏狐疑地問。

「流汗。」

「那你才應該看看我咧。回來談這個該死的波伯格。他不太合作。我猜呀，這筆錢，還有所有這些證券，有可能確實是他的。」

「嗯，」馬丁・貝克說，「如果真是這樣，那都是從哪兒弄來的？」

「別問我。對於錢，我只知道我自己是一文不名。」

柯柏似乎就著這句傷心話思忖了一番，然後才說：「總之，我得要有個結果回報給檢察官。」

「那個女孩子好不好處理？」

「簡直容易太多了，她不斷吐口供，講得頭都要爛了。風化組正在布局，準備一網打盡整個應召集團，這集團顯然分布全國各地。我剛剛才和席維雅・葛蘭柏格談過，她說他們可以拘留海倫娜・漢森，至少到他們組內的調查結束之前，完全沒問題。」

席維雅・葛蘭柏格是風化組的副組長，而且是烏莎・托瑞爾的頂頭上司。

「再說，他們也也願意出公差，去馬爾摩走一趟。」柯柏繼續說，「因此，如果你想見見這個海倫娜・漢森，應該沒問題。」

馬丁·貝克沒有回答。

最後，柯柏問：「怎麼樣？我該怎麼辦？」

「嗯，如果面對面的話應該會很有趣。」馬丁·貝克喃喃自語。

「我聽不見你在講什麼。」柯柏抱怨道。

「我得想想。大約半小時後再打給你。」

「絕對不能再拖了，這裡隨時會有人進來對我跳腳，大吼大叫。像莫姆、署長，還有一大票人。」

「半個小時，我保證。」

「好吧，那就先這樣。」

「再說。」馬丁·貝克掛下電話。

他兩肘靠桌，雙手抱頭，呆坐良久。

一會兒之後，局勢漸漸明朗。

漢普斯·波伯格把他在瑞典的所有資產全兌換成了現金，試圖潛逃出境，而且已先把家人送到安全的地方。這一切皆顯示，帕姆葛倫一死，他的地位便變得難以為繼。

為什麼？

很有可能是因為這麼多年來，他從所轄的帕姆葛倫企業——主要是房地產公司、股票買賣和財務公司——侵吞了大量金錢。

維克多・帕姆葛倫對波伯格十分信任，因此只要這企業的頭頭還活著，波伯格大可放心。但帕姆葛倫一死，除非絕對必要，否則波伯格不敢戀棧。因此，他覺得自己面臨重大危機，即便不是生死交關的問題，也可能至少會遭到財務損失或面臨牢獄之災。

這危險性是從何而來？

不可能來自政府當局，因為，無論是警方或國稅局，都搞不清楚帕姆葛倫錯綜複雜的事業。即使有可能搞清楚，也都得花上很長一段時間，甚至好幾年。

最清楚內情的自然是邁茲・蘭德。

或是郝夫—傑生。

然而蘭德對波伯格的反感，強烈到他在面對警方詢問時都無法掩飾。他不是強烈暗示過波伯格是個騙子嗎？還說帕姆葛倫過度信任這個人在斯德哥爾摩的手下？

總之，在這場爭奪帕姆葛倫百萬產業的角力戰中，蘭德占有最大優勢。

如果波伯格侵吞了大量公款，那麼以蘭德的地位，他可以要求對各公司立即進行查帳，並且起訴波伯格。

然而，蘭德還沒有採取任何行動，雖然他一定知道、或至少懷疑時間不多了。反而是警方擋下了波伯格，但這是意外造成的結果。

這可以顯示，蘭德本人還在謹慎考慮，不敢貿然揭發某些醜聞。

總之，波伯格似乎在帕姆葛倫之死當中毫無利益可得，而且最重要的事，他萬萬沒有料到帕姆葛倫會死。

正如柯柏指出的，星期五開始，他所有的行動布局都和帕姆葛倫突然喪命有關，但他的行動倉促到幾乎可說是驚慌失措，因此，這一定不是預先有所準備的。

這麼說來，這不就消除了波伯格在這起謀殺案當中的任何嫌疑了嗎？

馬丁・貝克相信一件事：這起暴力事件的背後要是真有陰謀，那麼這陰謀是和商業有關，而非政治。

那麼，有誰能從帕姆葛倫的死亡中獲得利益？

答案只有一個。

邁茲・蘭德。

這個人贏得了帕姆葛倫太太的芳心，而且在金融權力遊戲中握有最有利的牌。

夏洛特・帕姆葛倫很滿意自己原本的生活，應該不至於涉入這麼高層次的計謀。再說，她也很愚蠢，沒有能力做出這種事。

郝夫—傑生對帕姆葛倫的商業帝國顯然沒有足夠的掌控力。

然而藺德真會冒這麼明顯的危險嗎？

為什麼不？

不入虎穴焉得虎子。

如果讓漢普斯・波伯格和邁茲・藺德當面對質，聽聽兩位先生會對彼此說什麼，應該會是一件很有趣的事。

至於那個女孩子呢？

海倫娜・漢森就只是一顆受雇的棋子嗎？她顯然功能十足，既能當祕書和走私差僕，又可以當床伴。

她本人的口供顯示如此，事實上，也沒有什麼理由需要懷疑她。

然而經驗告訴我們，很多事情會在床第枕畔間洩漏，而波伯格是她的常客。

馬丁・貝克從沉思中做出決定。

他起身走出房間，搭電梯前往底樓公共檢察官的辦公室。

十分鐘後，他又坐在借用的辦公室桌子後，撥了瓦斯貝加警局的電話號碼。

「太好了！」柯柏說。「你真準時。」

「可不是嗎。」

「如何？」

「拘留他們。」

「兩個都要？」

「對。我們需要把他們帶過來當證人。他們對謀殺案調查具有關鍵性。」

「真的嗎？」柯柏語帶懷疑。

「必須盡快送過來。」馬丁．貝克斬釘截鐵地說。

「好。」柯柏說，「只是，還有一件事。」

「什麼？」

「我能不能就此從這個鬼案子中解脫？」

「我想可以。」

講完電話後，馬丁．貝克呆坐了一會兒，再度陷入沉思。只是，他的腦海現在滿是柯柏和他聲音裡的懷疑語氣。

這些人真的對謀殺案具有關鍵性嗎？

也許沒有，但如此要求，他有一個比較個人的理由。他沒見過波伯格或海倫娜・漢森，甚至連照片也沒看過，他純粹只是好奇。他要看看他們長什麼模樣，想和他們講話，建立起某種人際接觸，然後看自己會有什麼反應。

隔天清晨十點零五分，漢普斯・波伯格和海倫娜・漢森在斯德哥爾摩的民事法庭遭到正式拘捕。同一天，他們搭上中午的班機離開斯德哥爾摩。波伯格由一位典獄長陪同，海倫娜・漢森則由一位女獄卒和烏莎・托瑞爾陪同。烏莎・托瑞爾將前往馬爾摩和當地的同事討論合作調查事宜。

一點四十五分，他們降落在布拓夫塔機場。

22.

崔格爾鎮位於阿馬格半島頂角卡斯特洛機場的正南方。此地是丹麥的小鎮，居民只有大約四、五千人，該地目前最著名的，是它那又大又新的渡輪港。夏天時，渡輪在崔格爾和瑞典的林漢之間往來，運送所有往返北歐大陸的瑞典車輛。渡輪的生意即使在冬天也相當穩定，運載的多是重型車輛、卡車、巴士和拖車。

一年四季，都有馬爾摩的家庭主婦會上船購買免稅品，和較便宜的丹麥雜貨。

沒多久之前，這個小海港還享有度假勝地的美名，當時港口隨時都有水上活動，釣魚船多不勝數。

以往，做為一個健康的度假地點，崔格爾占盡與哥本哈根相距不遠的地利之便。然而，離首都太近，現在卻成了有害無利。崔格爾碼頭旁的海水和海灘如今受到嚴重污染，根本不適合游泳或垂釣了。

想當年，女士們在海灘步道上懶洋洋地旋轉著陽傘，仔細遮掩她們雪白的皮膚，以免被炙人的陽光曬傷，還有穿著緊身泳衣、啤酒肚畢露的紳士們，基於保健理由小心地淺嚐海水。打從那樣的年代一直到現在，很幸運地，小鎮本身和其他建築的改變並不多。

鎮上的房舍低矮，造型如畫，居民各自用油漆或膠泥塗成各式悅目的顏色，花園茂盛青翠，傳來各種莓果和花植的香氣，大半彎曲狹窄的街道都是由鵝卵石鋪成的。來往的渡輪和煙臭吵鬧的車陣橫掃過小鎮外圍，介於海港與高速公路間的老城鎮還能維持著相當平和的氣氛。

雖然不能游泳了，夏天仍會有遊客來到崔格爾。七月初的這個週二，濱海旅館所有的房間已全都被占滿。

此時是下午三點，旅館外面的遊廊上，有一家三口剛用完遲來的午餐。那對父母還在悠閒地享用咖啡和蛋糕，但那個名喚彥斯的六歲小男孩再也坐不住了。

他興奮地在餐桌間來回奔跑，不斷催促他的父母。

「我們不能現在就走嗎？我要看船。把咖啡喝完，快點，我們現在走嘛。我們不能現在就去看船嗎？」

他就這樣吵鬧個不休，最後，他的父母親終於服輸地站起來。

他們手牽手，漫步走向如今已經是博物館的港邊老屋。碼頭上只有兩艘釣魚船停泊。通常數目不只於此，這表示有幾艘船已經到海灣上捕捉被汞污染的鰈魚。

男孩在碼頭邊上停住腳步，開始朝泥濁的水面投擲石頭和樹枝。他看見船塢旁有幾樣有趣的東西在水中浮浮沉沉，但對他而言都太遠了，他抓不到。

渡輪口還要再往海灘下面走。幾輛汽車在一片鋪了柏油的寬闊候船場上排隊等候著，此時可以看見渡輪正從閃爍的海面上逐漸駛近。

三名遊客轉過身，沿著碼頭緩緩往回走，步入各種建築和屋舍之間的道路。他們在北史特蘭街停下來，和一個正好出來遛狗的朋友聊天。

然後，他們沿著這條路走到和卡斯特洛機場交接的一個空地。他們從那裡向右轉，走下海灘。

彥斯在海灘邊緣發現一個綠色的塑膠船殘骸，便玩了起來，他的父母坐在海灘的草地上看他玩耍。最後，他玩厭了，便跑去尋找被海水沖上岸的其他東西。他找到一個空的牛奶紙盒、一個啤酒罐和一個保險套，失望地拿給他的父母看，他們叫他把東西全丟掉。

就在他父親起身喊他的時候，彥斯瞥見水邊有一個令人好奇的東西，看起來像是一個盒子——也許是個藏寶箱？他跑過去撿起來。

當然，他父親拿走了他手中的箱子。彥斯小小地驚呼了一聲，以示抗議，但立刻就放棄了。因為他知道抗議是沒有用的。

彥斯的父母檢查盒子。這盒子已經濕透了，原本黏貼在厚紙板上的黑色木紋紙都已剝落。但盒子沒有凹陷，半圓的蓋子似乎也沒有損壞。

他們仔細瞧了瞧，還能看出蓋頂上印的一行字：

「阿米尼爾斯〇・二二」。

在這行字的底下，還有一行印得更小的字：

「西德製」。

這個盒子引起了他們的好奇心。

他們小心翼翼地打開盒蓋，以免損壞潮濕的紙盒。

這盒子裡鋪著一層保麗龍板，但已經被那些沿著波羅的海和北海沖到瑞典和丹麥海灘的成千上萬件塑膠物給壓扁。

不過，還是看得出白色保麗龍板上有兩個一吋深的模印。其中一個是一把左輪手槍的形狀，槍身非常長；另外一個比較難辨認，他們一時也說不上來是什麼。

「玩具手槍的盒子。」女人聳聳肩。

「別傻了，」男人說，「這裡面原本是放真槍的。」

「你怎麼知道？」

「這蓋子上都寫出製造商了。是一把阿米尼爾斯牌〇．二二口徑的手槍。而且，你看，這個空間是放附送的槍托用的。這樣有時候可以換一個抓握表面比較大的槍把。」

「唉呦，我覺得槍這東西很可怕。」女人說。

男人笑了起來。他沒把盒子丟掉，反而帶著走回馬路上。

「不過是個槍盒，」他說，「沒什麼好怕的。」

「可是還是很嚇人哪，」女人說，「要是那把左輪或手槍還在裡面，裝了子彈，被彥斯找到……」

男人又笑起來，摸了摸他妻子的面頰。

「你的想像力真豐富。」他說，「如果那把左輪還在裡面，盒子就不會漂上岸了。一把〇．二二口徑的槍相當重，再說，盒子被丟進海裡時，不可能有槍在裡面。沒有人會隨便把左輪手槍那麼貴重的東西丟掉……」

「除非，他是黑道人物，想要湮滅殺人證據。」他妻子插嘴說，「如果是……」她煞住腳步，扯扯她丈夫的袖子。「如果真是那樣呢？我想我們應該把這盒子送去警察局。」

「你瘋了嗎？你是想被人取笑嗎？」

他們繼續走。彥斯跑在他們前面，已經忘記他的這只藏寶箱。

「呃，可是這種事很難講。反正也沒有害處嘛，我們到警察局去吧。」

這位妻子很頑固，而這個男人呢，他已經有十年的豐富經驗，知道順著太太會比反對她容易解決問題。

所以，十五分鐘後，崔格爾警局的勞森巡佐桌上那疊吸墨紙，就被一個濕漉漉的西德製左輪手槍盒給毀了。

23.

雖然星期一發生許多事，星期二發生了一點事，星期三卻什麼事都沒發生。總之，正是沒發生什麼事情，才讓調查有了進一步的發展。

馬丁．貝克一醒來就有一種感覺：這一天會很特別。

他覺得心神不寧，而且很不高興。他昨夜很晚才睡，早上又起得很早，醒來時嘴裡有一股鉛味，腦袋裡還在跑著尚未理完的思路。

警局裡也籠罩著相同的低迷氣氛。梅森沉默地兀自思考著，文件翻了又翻，齒間的牙籤咬斷一根又一根。史卡基看來無精打采，貝克隆則帶著一臉受傷的表情，不斷擦著眼鏡。

根據經驗，馬丁．貝克知道每一件艱難的調查案都會有這種暴風雨前的寧靜。這有可能持續幾天，幾個星期，甚至沒有突破的時刻。他們在既有的資料中找不出任何頭緒，所有資源似乎都已耗盡，而且，所有線索推論到最後也只是空無。

如果可以順著自己的直覺做事，馬丁．貝克會乾脆放下一切，搭火車到福斯特保海灘，躺在沙灘上，讓瑞典難得的暖意撒遍全身。早報說今日水溫是華氏七〇度，這對波羅的海而言確實是不尋常的溫暖。

但是，當然了，一位刑事長官是不能這麼做的，尤其他又身負緝凶的任務。

這一切都極度惱人。他的身體和心理亟需做點活動，卻不知道要做什麼，因此，他更不可能告訴別人該做什麼。經過幾小時的毫無動靜，史卡基直截了當地問：

「我該做什麼？」

「去問梅森。」

「我問過了。」

馬丁・貝克搖搖頭，走進自己的房間。

他看看時鐘。才十一點而已。

波伯格和海倫娜・漢森還要將近三個小時後才會抵達馬爾摩。

既然沒有更好的事可做，他便打電話去帕姆葛倫的公司，要求和邁茲・蘭德講話。

「蘭德先生不在，」金髮接待小姐懶懶地說，「可是……」

「可是什麼？」

「我可以幫你接他的祕書。」

邁茲．蘭德確實不在。他搭週二下午的飛機從卡斯特洛機場飛往約翰尼斯堡了。

這是一趟緊急的商務旅行。

但萬一有人突發奇想想跟他聯絡，在約翰尼斯堡也找不到他。

因為飛機此時還在空中。

不能確定蘭德先生何時回來。

這次出差有什麼計劃嗎？

蘭德先生每次出差都有非常仔細的計劃。

高效率的祕書很有權威地回答。

馬丁．貝克掛斷聽筒，一臉責難地瞪著電話。

嗯，讓波伯格和蘭德當面對質的計劃泡湯了。

他突發靈感，再度拿起聽筒，撥出哥本哈根考陀維特街那家空運公司的號碼。

當然可以告訴你。

今天早上郝夫—傑生先生突然有急事得去里斯本一趟。

你可以稍後打到里波達德大道的堤沃理旅館找他。

不過此刻飛機還在空中。

不確定他何時會回丹麥。

馬丁・貝克把這些消息告訴梅森，梅森只是冷淡地聳聳肩。

兩點三十分，波伯格和海倫娜・漢森終於到了。

除了典獄長和一大團繃帶，波伯格還有律師陪同。

他什麼話也沒說，但那名律師可不缺話講。

波伯格先生無法開口，因為他遭到警方最殘酷的暴力虐待。就算他現在有辦法開口，除了一星期前已經說明過的證詞之外，他也沒什麼可以補充的。

律師滔滔不絕地敘述事先備妥的講詞，偶爾還對操作錄音機的史卡基投以凶狠的眼光。史卡基不禁面紅耳赤。

然而，馬丁・貝克不在乎。他左手托著下巴坐著，聚精會神地看著那個紮著繃帶的男子。

相較於藺德與郝夫—傑生，波伯格的模樣截然不同。他很胖，有一頭紅髮、粗大蠻橫的五官、一雙閃爍不定的淡藍眼眸和啤酒肚。龍布羅梭*的罪犯理論如果正確，依他看，波伯格就屬於那種應該馬上送進毒氣室處死的人。

這個人，光是看著就令人不快，而且他的穿著十分虛華、缺乏品味，幾乎令人替他覺得可悲，馬丁・貝克心想。

基於職業，律師對波伯格感到十分同情。他一直滔滔不絕，馬丁．貝克也隨他說，雖然這個人一定會在法庭上重覆目前的大半論調。

律師這類人非得如此不可，因為只有讓波伯格得到開釋或類似的判決，而且讓剛瓦德．拉森和薩克里森因違反規定而受懲，他才能拿到豐厚的律師費。

就算結果如此，馬丁．貝克也不在意。他對剛瓦德．拉森的辦事方法一向無法苟同，但基於同袍應該互相忠誠的聖名，他一直忍著不干涉。

等律師說完波伯格受難記的故事後，目光完全沒有離開囚犯的馬丁．貝克說：

「那麼，波伯格先生，你沒辦法說話嗎？」

對方搖搖頭。

「你對邁茲．蘭德有何看法？」

聳聳肩。

「你認為他有能力接掌貴公司的經營大任嗎？」

＊ 龍布羅梭（Cesare Lombroso,1835-1909），義大利犯罪學家、精神病學家，刑事人類學派的創始人。他強調生理因素對犯罪的影響，重視從犯罪人和精神病人的顱相、體格等生理特徵，判斷犯罪的傾向，提出「天生犯罪人」的概念。

再聳聳肩。

他又檢視了波伯格大約一分鐘，試圖捕捉他陰沉不定的眼神。

這個人顯然心懷畏懼，但看起來也有一副準備要與人搏鬥的樣子。

最後，馬丁・貝克對律師說：

「好吧，我想你的客戶已經被這一週以來的種種事件搞得心魂未定。也許今天就這樣結束好了。」

眾人無不露出驚訝的表情——波伯格，律師，史卡基，甚至典獄長。

馬丁・貝克站起來，去看看梅森和貝克隆把海倫娜・漢森處理得如何。

他在走道上遇見烏莎・托瑞爾。

「她說了什麼？」

「一大堆。但沒有你用得著的。」

「你住在哪家旅館？」

「跟你一樣。薩伏大飯店。」

「那麼，我們今晚也許可以一起吃晚餐？」

如果可以，那麼，這苦悶的一天或許至少能有個愉快的結尾。

「可能很困難，」烏莎．托瑞爾推諉地說，「我今天在這裡有很多事情要辦。」

她迴避他的眼光。很容易，因為她連他的肩膀高度都不到。

海倫娜．漢森接連不斷地講，梅森像老僧入定似地坐著不動，錄音機轉個不停，貝克隆則在房間裡走來走去，臉上掛著震驚的表情。想必是他對生命那份純潔的信仰遭到了致命打擊。

馬丁．貝克站在正好進門處，兩肘靠在金屬檔案櫃上，觀察那女子逐字逐句重覆先前已對柯柏說過的話。

此時，她幾近端莊的表情，或虛薄粉飾的堅強都消失了。

事實上，她的勇氣已經喪失殆盡，而且疲憊不堪。她只是個妓女，處在力不從心的困境，嚇都快嚇死了。她淚眼汪汪，很快就吐露這一行的所有人事和細節，顯然希望能藉此減輕罪刑。

場面看來非常令人沮喪，馬丁．貝克和來時一樣，謹慎地悄悄離開。

他回到自己的辦公室，室內此時一片空盪，甚至比先前還更悶熱。

他注意到波伯格先前坐過的那把椅子，椅面和椅背都已被汗水浸濕。

電話鈴聲響起。

當然是莫姆。還會有誰？

「搞什麼——你到底在幹什麼？」

「調查案子。」

「等等。」莫姆煩躁地說，「我們不是溝通清楚、甚至都講得很明白了，這個調查要盡可能謹慎有效地進行嗎？」

「是。」

「你以為在斯德哥爾摩市中心來一場瘋狂槍戰，幹一場狠架，這樣叫謹慎？」

「不是。」

「你看到報紙了嗎？」

「有，我看到了。」

「你認為明天會有什麼狀況？」

「不知道。」

「『警察施壓逮捕兩名可能完全無辜的人』，這會不會太過分了點？」

顯然，督察長這裡說的確實有點道理，馬丁・貝克沒有立即回答。

「呃，看起來是有點不對勁。」最後，他這麼說。

「不對勁？你知不知道，我為了這件事，現在人正在火線上挨轟？」

「真糟糕。」

「我可以告訴你，署長和我一樣生氣。我們在他辦公室已經開了好幾個小時的會……」

騾子懂得互相止癢，馬丁．貝克暗自想。這應該是一句拉丁文諺語。

「你怎麼有辦法見到他？」他無知地問。

「我怎麼有辦法見到他？」莫姆重覆，「你在講什麼？你當這是個笑話嗎？」

人人都知道，警政署長很不願意與人交談。謠傳某高階官員甚至威脅過，要開一輛鋼耙卡車到警政署，強行衝破它無比神聖的大門，以求跟署長有個面對面談話的機會。總之，無論是面對全國人民，或是對他毫無防備能力的團隊，這位閣下都是個十分嘴拙的人。

「好吧，」莫姆說，「難道你就不能至少說，逮捕兇手指日可待嗎？」

「無法。」

「你是不是已經知道兇手是誰，只是需要更多證據？」

「不是。」

「你知不知道他在哪種圈子裡活動？」

「完全不知道。」

「那真是怪了。」

「是嗎？」

「你到底要我去跟有關單位怎麼說？」

「就說事實。」

「什麼事實？」

「毫無進展。」

「毫無進展？在調查了一個星期之後？而且這批辦案人員還是我們最優秀的人才？」

馬丁・貝克深吸一口氣。

「我不知道我總共辦過多少案子，但到目前也不少了。我可以向你保證，我們正在盡最大努力。」

「我相信。」莫姆以安撫的口吻說。

「但我真正想說的並不是這一點。」馬丁・貝克繼續說，「一個星期其實很短，況且，你也知道，這起調查也還不到一星期。我星期五抵達馬爾摩，今天是星期三。前不久我們才逮到一個人，他在十六年前犯下謀殺案——這件事發生在兩年前，所以是在你上任以前。」

「好的，這我都知道，但這可不是一件普通的謀殺案。」

「這你之前說過。」

「這有可能引起國際性的複雜效應，」莫姆的聲音裡帶著焦慮，「事實上，效應已經出現了。」

「怎麼說？」

「已經有好幾個外國大使館向我們施壓。而且我確信已經有外國情報人員來了，他們很快就會出現在馬爾摩或哥本哈根。」

他停頓一下，接著聲音顫動地說，「或是我的辦公室。」

「唉，無論如何，」馬丁．貝克安慰他，「他們再怎麼樣也不會把事情搞得比那些祕密警察糟糕吧。」

「你是說安全局？他們有個人在馬爾摩。你們合作了嗎？」

「我可不會這麼說。」

「你們還沒有碰面？」

「我看過他了。」

「如此而已？」

「是。而且，還是因為我無法視而不見。」

「我們也還沒從他們那邊接到任何正面消息。」莫姆意氣消沉地說。

「你期待他們會有正面消息？」

「我老覺得，你好像把這件事情看得太簡單了。」

「如果你真的這麼認為，那你就錯了。我從來沒有看輕任何一件謀殺案。」

「但這不是一件普通的謀殺案。」

馬丁・貝克覺得這句話他好像才聽過。

「這件事你不能用老辦法處理，」莫姆字字加重語氣說，「維克多・帕姆葛倫是個重要人物，在瑞典或國外皆然。」

「可不是嗎，我猜他大約每週都要上報章雜誌一次。」

「漢普斯・波伯格和邁茲・藺德也都是傑出的市民。」

「原來如此。」

「你不可以用老辦法對付他們。」

「當然不可以。」

「同時，對於透露給媒體知道的消息，一定要非常謹慎。」

「我本人可沒有透露任何消息。」

「就像我上次告訴你的，如果帕姆葛倫的某些活動遭人公開，可能會造成無法彌補的傷害。」

「誰會受到無法彌補的傷害？」

「還會有誰？」莫姆煩躁地說。「當然是國家，我們的國家！如果人民發現某些政府官員原本就知道當中一些交易，那麼……」

「那麼怎樣？」

「那麼它的政治後果就不堪設想。」

馬丁．貝克厭惡政治。如果他對政治有什麼看法，也絕對放在心裡。他向來盡量避免接下可能會有政治後果的案件。一般來說，如果談話當中出現政治案件，他也從不表示任何意見。

但這一次，他忍不住問：

「對誰而言？」

莫姆唉了一聲，彷彿被人從背後捅了一刀。

「反正你盡力而為就是。」他請求道。

「好，」馬丁．貝克口氣溫和地說，「我會盡力而為……」

在隔一秒鐘的空檔之後，他補上一句，「史提格。」

那是他第一次直呼督察長的名字，希望也是最後一次。

下午剩下的時間就在憂鬱的氣氛中度過了。

帕姆葛倫調查案陷入泥沼。

然而，警局裡卻不尋常地相當熱鬧。馬爾摩警方突襲了市內兩處淫窟，窟內的員工固然憤慨非常，嫖客則更覺無地自容。

烏莎・托瑞爾說她有很多事情要做，此話顯然不假。

馬丁・貝克在大約八點時離開警局，心中仍然覺得不安，而且有些擔憂。

他沒有胃口，因此也不必提什麼本地風味的晚餐了。總之，他在古斯塔阿道夫廣場的米堤城小店強迫自己吃了一個三明治，喝下一杯牛奶。

他緩慢地細細咀嚼食物，透過窗戶研究那些流浪街頭的青少年。他們在廣場的方形池塘周圍吸著大麻，用大麻交換偷來的唱片。

四下不見警察，兒童福利局的人一定也忙別的事情去了。

最後，他沿著南宅路散步，斜穿過史托格街，走下港口。等他回到旅館已是夜裡十點三十分。

他在旅館大廳馬上注意到有兩個男人坐在餐廳入口右邊的安樂椅上。其中一個高大、禿頭，有一嘴又濃又黑的鬍髭，而且也曬得非常黑。第二個身材駝背，幾乎形同侏儒；他有一張蒼白的臉、尖銳的五官和慧黠的眼睛。看得出這兩人的穿著品味卓越，有鬍髭的那位穿著深藍色的山東綢西服，駝背的那個穿著剪裁高級的淺灰色西裝，內著背心；兩人都穿著發亮的黑皮鞋。他們動也不動，眼神空洞地盯著前方。在他們之間的桌子上有一瓶Chivas威士忌和兩只玻璃杯。

外國人，馬丁．貝克心想。旅館裡多的是來自國外的客人，他看到外面的旗桿上至少就有兩面他不認得的國旗。

就在跟櫃台取房間鑰匙時，他看見包森從電梯出來，朝那兩人的桌位走去。

24.

進到房間，他發現女侍已經把過夜的一切都打點好了。被單已經拉下，床頭地毯鋪好了，窗戶關上，窗簾也拉闔了。

馬丁．貝克打開床頭燈，瞥了一眼電視機。他沒有打開電視的慾望，再說，此時節目大概也都播完了。

他脫掉鞋襪和襯衫，拉開窗簾，打開窗戶。

一股幾近於無的淡淡涼風從窗外拂來。

他把兩手靠在窗台上，憑眺著運河、火車站和港口。

他就穿著長褲和網狀內衣站在那裡良久，可以說完全不思不想。

空氣溫暖而靜止，夜空滿是繁星。

點著燈火的遊艇來來去去，渡輪在港口鳴著汽笛。街上幾無車輛，火車站外面則排著一長串待客的計程車，亮著空車出租的頂燈，敞開前車門。計程車司機三五成群地站在那裡消磨時間。

不像斯德哥爾摩千篇一律都是黑色的，那些計程車漆成各種鮮豔的顏色。

他不想睡。他已經讀過晚報，但又忘了買本書來讀。他大可以下樓去買一本，不過那樣就得再穿上衣服。但他也無心看書，如果真想讀點什麼，手邊也還有聖經和電話簿，或者，還有驗屍報告。但是那篇報告他已經差不多可以默背下來了。

因此，他就這樣站在窗邊憑眺，感覺出奇地孤寂。但這完全是他自己的抉擇，因為他也可以下樓到酒吧或去梅森家，或去其他成千上百個不同的地方。

心裡缺少了某樣東西，但他不知道究竟是什麼。

站了相當一段時間之後，他聽到有人敲門，聲音非常輕。如果他已經就寢或是在浴室裡，絕不可能聽到。

「進來。」他頭也沒回地說。

他聽到門打開來。也許是那個殺手，左輪在握，踏進房間，準備行動。如果這次他瞄準的也是後腦袋，那麼馬丁・貝克就會摔出窗外，而且，要是運氣不好，無需等到撞上外頭的人行道，他或許就已一命嗚呼。

他微笑著轉過身。

是穿著一身犬牙紋西裝和鮮黃色皮鞋的包森。

他滿臉沮喪，連嘴上的鬍髭都不如平常那麼尊貴了。

「嗨。」他說。

「嗨。」

「我可以進來嗎？」

「當然，」馬丁·貝克說，「坐吧。」

他自己走去坐在床沿。

包森在椅子上扭捏不安，額頭和面頰都閃著汗珠。

「外套脫下吧，」馬丁·貝克說，「我們在這裡不必太拘泥。」

包森遲疑許久，終於還是解開雙排釦外套的鈕釦，扭動著把衣服脫下。他非常仔細地摺好外套，放在椅子扶手上。

在他外套底下，是一件淺綠加橘色條紋的襯衫，還有一把掛在肩帶上的手槍。

馬丁·貝克很好奇，如果每次都要先解開那一長串複雜的鈕釦，那麼他要花多少時間才能抽出手槍？

「有什麼事？」他平和地問。

「呃……我想問你一些事情。」

「問吧。什麼事？」

「當然，你不一定得回答。」

「別傻了。什麼事？」

「哦……」

然後，話終於吐出來，可以明顯看出，那經過一番極大的自我掙扎。

「你這邊有什麼進展嗎？」

「沒有。」馬丁·貝克說，而且純粹出於客套地問對方：「你有嗎？」

包森哀愁地搖搖頭，愛撫似地抹著鬍髭，彷彿這樣可以提供他新生的力量。

「這案子似乎相當複雜。」他說。

「也可能非常簡單。」馬丁·貝克說。

「簡單？」包森的語氣充滿狐疑和不可置信。

馬丁·貝克聳聳肩。

「不，」包森說，「我不認為。最慘的是……」他突然住口，眼裡閃爍著期待的光芒，「他們也不斷逼問你嗎？」

「誰？」

「上頭啊，斯德哥爾摩那邊。」

「他們好像有點緊張。」馬丁．貝克說，「什麼最慘的事，你剛才要說的？」

「即將會有一場大規模的國際調查，充滿政治複雜性，各方各派都有。今天晚上有兩個外國情報人員才剛剛抵達，就在旅館這裡。」

「剛才坐在大廳裡的那兩個？」

包森點點頭。

「他們是從哪裡來的？」

「小個子是從里斯本來的，另外那個是非洲來的。那地方叫羅蘭西馬可還是什麼的。」

「洛朗索馬克[*]，」馬丁．貝克說，「在莫三比克境內，他們是因公而來的嗎？」

「我不知道。」

「他們是不是警察？」

「我想是情報人員。他們自稱是商務人士，但……」

「什麼？」

＊　這是莫三比克首都馬布多（Maputo）在一九七六年之前的名稱。

「但他們馬上認出我來，知道我是誰，很奇怪。」

確實奇怪透了，馬丁・貝克暗忖。他大聲說：「你跟他們談過了嗎？」

「談過了。他們的英語非常好。」

馬丁・貝克恰巧知道包森的英語很有問題。也許他擅長的是中文、烏克蘭文，或其他在情報圈裡頗有價值的語言。

「他們想幹什麼？」

「他們問了一些我實在搞不清楚的事。這就是為什麼我會跑來打攪你。首先，他們跟我要嫌疑犯名單。」

「所以？」

「坦白跟你說，我沒有這樣的名單。也許你有？」

馬丁・貝克搖搖頭。

「當然，我沒有這樣講。」包森狡猾地說，「但是，他們又問我一件事，讓我完全搞不懂。」

「是什麼？」

「哎，就我了解是這樣——可是那一定是錯的——他們想知道有哪些來自海外地區的人有嫌疑。海外地區……他們用不同的語言重覆講了好幾次。」

「你的了解完全正確，」馬丁．貝克和氣地說，「葡萄牙人聲稱他們在非洲和其他地方的殖民地，享有和葡萄牙本國各州相等的地位。顯然，這裡所指的他們，是從例如安哥拉、莫三比克、澳門、維德角群島和幾內亞等地來的人，主要是指政治難民。」

包森的臉霎時亮了起來。

「哎呀，我真是——」他說，「那麼我根本沒聽錯！」

「你怎麼跟他們說？」

「沒說什麼確切的答案，他們好像相當失望。」

嗯，不難想像。

「他們打算待在這裡嗎？」

「沒有。」包森說，「他們要去斯德哥爾摩，去跟他們的大使館談。對了，我明天也要飛過去。得去做報告，還有研究檔案。」他打了個呵欠，「我最好先去睡覺。這禮拜很辛苦，謝謝你的幫忙。」

「幫什麼忙？」

「那個……海外什麼東西的。」

包森站起來，穿上外套，花了很大的功夫再把鈕釦一顆顆扣好。

「再見。」他說。

「晚安。」

走到門口時，包森轉過身來，狗嘴裡吐不出象牙地說：「我想這案子會拖上好幾年。」

馬丁・貝克定定地坐在原處兩分鐘之久，而後對自己笑笑，脫掉其餘的衣服，走進浴室。

他在冷水蓮蓬頭下沖了很久，而後用浴巾裹住身子，回到窗邊原來的地方。

外面靜謐、黑暗。無論是港口或火車站，似乎所有活動全都停息了。

一輛警車緩緩駛過，多數計程車司機都已放棄等候，開車回家了。

馬丁・貝克就站在那裡，凝視著窗外寧靜的夏夜。溫度依然暖和，但沖過澡後，他覺得清爽多了。

過了一會兒，他覺得該去睡了。反正遲早都得去睡的，即使他沒有絲毫睡意。

他對著丟在枕頭上的睡衣皺眉。此刻的睡衣雖然看起來怡人，但等到一覺醒來，一定會被汗水搞得濕答答地黏在身上。

他把睡衣放進衣櫥，把毯子整齊折好，放到床底下，再把大浴巾掛在浴室的晾衣桿上。

他躺在床上，床單蓋到大約腰下，雙手交握，撐在頭後。他就躺在那裡瞪著天花板，床頭燈在上面投射出模糊的影像。

他在思考，但既沒有精確的主題，心神也不集中。

就這樣躺了大約十五或二十分鐘後，又有人敲門了。這一次的聲音也是很輕。

我的天哪，他心想，他真的能再忍受那些間諜啊、情報人員啊的話題嗎？當然，假裝睡著是最簡單的應付辦法。不過，這麼做會不會太推卸責任？

「好吧，進來。」他以一副認命的口氣說。

門輕輕打開，烏莎．托瑞爾走進房間，她穿著拖鞋和一件白色尼龍短袍，腰間繫著帶子。

「你還沒睡吧？」

「還沒。」馬丁．貝克停頓了一下，傻傻地接著說，「你也還沒睡？」

她微笑搖搖頭，短短的黑髮閃閃發亮。

「還沒。剛回來，差點連沖澡的時間都沒有。」

「聽說你今天忙得不可開交。」

她點點頭。

「是啊，真的是。我們今天幾乎連吃飯都沒時間，只塞了幾口三明治。」

「坐。」

「謝謝。你不累嗎？」

「無所事事累不了人的。」

她仍然有些遲疑，一隻手還握在門把上。

「我去拿我的菸，」她說，「我的房間才離這裡兩道門。」

她讓門半闔著。他還是躺著，雙手交握在頭後等著。

二十秒鐘後，她回來了，悄悄關上門，走向一張椅子。大約一個小時前，包森才坐在那裡煩惱不已。她踢掉拖鞋，兩腿彎在身子底下，點起一根菸，深深吸了幾口。

「呼！」她說，「真是忙了一整天。」

「你開始對當警察產生疑慮了嗎？」

「是，也不是。只是現在親眼目睹許多過去只是耳聞的悲慘事件。」她若有所思地看著菸，繼續說，「可是，有時倒也覺得自己好像貢獻了一些力量。」

「是的。偶爾會這樣。」他說。

「你今天過得不順嗎？」

「是的，非常不順，沒有任何新鮮或具有建設性的線索。但多半時候都是如此。」

她點點頭。

「你有沒有什麼看法？」他說。

「呃，我能有什麼看法？只能說，帕姆葛倫這個人是個混帳，一定有很多人相當恨他。我的意思是，也許事情未必像某些人認為的那麼複雜。可能就是要報仇，簡單明瞭。」

「對，我也這麼想過。」

她沉默下來。

等菸燃完了，她又點起一根。她抽的是丹麥Cecil牌香菸，綠、白、紅三色的盒子。

馬丁·貝克轉頭看著她的腳，纖細、弧度優雅，趾頭又長又直。

他繼而抬起眼看她的臉。她若有所思，眸子裡有一種心思已遠的神色。

他繼續看著她。過了一會兒，她回過神來，微微抬起頭，直視他的眼睛。

她有一雙神情認真的棕色大眼。

一刻之前，她還不知道心在何方；此時，突然間，卻是灼目凝神。

他們就這樣持續凝視著彼此。

她把香菸捻熄，這一次，沒有再點燃另一根。

她舔舔嘴唇，輕咬舌尖。她的牙齒雪白，然而不太整齊。她的眉毛濃而黑。

「嗯？」他說。

她緩緩點了點頭，然後非常輕聲地說：

「嗯，反正遲早也要，為什麼不趁現在？」

她站起來，到床沿坐下。

有一段時間，她動也不動。他們仍然凝視著彼此的眼睛。

馬丁・貝克伸出左臂，撫摸著她纖瘦的手指，然後輕輕拉了一下她的腰帶。

「不急。」他說。

她深深注視著他的雙眸，說道：「你的眼睛是灰色的，其實。」

「你的眼睛是棕色的。」

烏莎・托瑞爾抿著嘴微笑。她舉起右手，緩緩打開腰結，半立起身，讓袍子滑落地板。

他推開床單，她再度坐下，抬高右腿，因此，腳就正好靠在他的胸膛左邊。

「你以前有想過這樣嗎？」她說。

「有。你呢？」

「有時候。過去這一年來，偶爾。」

他們又交談了幾句。

「有那麼久了嗎？」

「太久了，自從——」她住了口，然後說，「你呢？」

「我也一樣。」

「你很好。」她說。

「你也是。」

確實，烏莎．托瑞爾很好，他很久以前就知道了。

她雖然身形嬌小，卻很結實，她的乳房很小，但是乳頭大而挺，是深棕色的。她的腹部肌膚光滑而柔軟，兩腿中央豐盛的毛髮鬈曲，顏色幾近炭黑。

她的手放在他的左腿上，緩緩往上滑移。她的手指纖細但修長，強壯而又堅定。

她非常地開放。

過了一會兒，他把雙手移向她的肩膀。她改變姿勢，躺在他的上面——柔軟，深沉，而又釋放，很快地，便與他融為一體。

她靠著他的肩，短促、快速地喘息，很快又移到他的唇上。

等到面朝上躺下來，她覺得非常踏實又安全，她的腿有力地環抱著他的背脊和臀部。

她要離開時，晨光已經大亮好幾個小時了。

她穿上袍子和拖鞋，說道：「走了，謝謝你。」

「也謝謝你。」

就這樣發生了。可能以後再也不會發生。或者，也許會再發生。

他不知道。然而，他確實知道他的年紀大到足以當她的父親，雖然她已經失怙整整二十七年。

馬丁・貝克回想著最近的日子。雖然有一切的不順心，但這個星期三結束得並不壞；又或者，應該說，這個星期四開始得很不錯？

而後，他就睡著了。

幾小時後，他們在警局又見到彼此。擦肩而過之際，馬丁・貝克問：

「是誰幫你訂薩伏大飯店的？」

「我自己訂的，但是萊納要我訂這裡。」

馬丁・貝克暗自微笑。

柯柏，當然了，這個陰謀家。好吧，總之，他永遠無法確切知道自己的詭計有沒有得逞。

25.

星期四，早上九點，調查中心的狀況仍在原地踏步。馬丁．貝克和梅森面對面坐在大桌子兩邊，沒人開口說話。馬丁．貝克抽著菸，梅森無事可做。他的牙籤都用完了。

九點十二分，班尼．史卡基帶來這一天第一項正面的貢獻，他拿著一張長得不得了的電報打字通訊單走進來。他在門內立定腳步，瀏覽起來。

「那是什麼？」馬丁．貝克問。

「哥本哈根傳來的電報通訊。」梅森無精打采地說，「他們每天都會傳一張這樣的清單過來，失蹤人口、汽車失竊、他們找到的東西等等的。」

「一大堆離家出走的女孩子，」史卡基說，「一共九個——噢，不，十個。」

「唉，每年差不多都在這時候。」梅森說。

「麗絲白．摩勒，十二歲，」史卡基喃喃唸道，「從星期一就沒回家，有毒癮。才十二歲？」

「有時候她們人會在出現在這邊，」梅森解釋，「當然，多半時候都不會。」

「汽車失竊。」史卡基唸著，「一本瑞典護照，姓名是史汶・歐羅夫・葛斯塔夫森，斯維達拉人，五十六歲。在尼黑文的妓女戶被沒收，還有他的皮夾。」

「酒鬼。」梅森一言以敝之。

「蒸氣挖掘機在某個隧道工地失竊。怎麼會有人偷這東西？」

「這種事以前就發生過。」馬丁・貝克說。

「酒鬼。」梅森說，「有沒有關於槍枝的？那通常會列在比較後面。」

史卡基查看清單末尾。

「有了，」他說，「好幾項。一把瑞典軍用手槍，九釐米，哈斯克華納牌，一定很舊了。一把貝利塔美洲虎……一個阿米尼爾斯牌〇・二二口徑手槍的盒子，五盒七・六五釐米的子彈……」

「停下來。」梅森說。

「對，那個盒子是怎麼回事？」馬丁・貝克說。

史卡基回到清單的前一個項目。

「一個原來是裝阿米尼爾斯牌〇・二二口徑手槍的盒子。」他說。

「在哪裡找到的？」

「被海水沖上崔格爾和卡斯特洛之間的海灘。一個市民發現的，交給崔格爾的警察，上星期二發現的。」

「我們的名單上不是有阿米尼爾斯牌〇．二二口徑嗎？」馬丁．貝克說。

「沒錯。」

梅森頓時警覺起來，他的手已經握在話筒上。

「對，正是，」史卡基說，「那個盒子，那個自行車上的盒子——」

梅森精神奕奕地催促哥本哈根警局的總機，等了好一會兒才接上默根生。

默根生沒聽說有什麼盒子。

「不，我能理解你沒辦法記住所有雜七雜八的東西，」梅森耐心地說，「不過那的確就記錄在你自己那張見鬼的清單上。你等等……」他看著史卡基說，「那是清單上的第幾號？」

「三十八號。」

「三十八號。三——八。」梅森對著聽筒說，「是的，可能對我們很重要……」他聆聽了一會兒，而後說，「對了，關於空中運輸公司和歐勒．郝夫—傑生，你有進一步的情報嗎？」停頓一下。「是，那樣很好。」梅森說完便掛了電話。

他看看其他兩人。

「他們要去查一查，之後再打來。」

「什麼時候？」馬丁・貝克問。

「默根生通常都挺快的。」梅森說完，又回到他原先的思路上了。

不到一個鐘頭，哥本哈根就回電了。

多半時候，梅森只聽不講，只是他的表情越來越顯興奮。

「真是太棒了。」最後他說。

「怎麼樣？」馬丁・貝克問。

「怎麼樣？盒子在他們的鑑識組手上。崔格爾那邊本來打算把東西給丟了，但昨天想想又把它放進塑膠袋內，寄去哥本哈根。十一點從尼黑文運河出發的飛艇會把東西送過來。」他看了一眼手錶，對史卡基說，「派一輛巡邏車去接船。」

「關於郝夫—傑生，他還知道什麼？」馬丁・貝克問。

「幾乎無所不知。郝夫—傑生顯然在那邊非常有名，是個可疑人物，但碰不得。他在丹麥沒有幹不正經的行當，他在當地所做的一切都是合法的。」

「換句話說，他搞的是帕姆葛倫在私下運作的非法勾當。」

「對。而且，規模顯然十分龐大。默根生說，帕姆葛倫和郝夫─傑生的名字都列在『從武器禁運國家非法走私武器』的調查名單中。這是他從國際警察那裡聽來的。但他們什麼也不能做。」

「或者是他們什麼也不願意做。」馬丁．貝克說。

「很有可能。」梅森說。

他打了個呵欠。

他們等著。因為除此之外沒有別的事情可做。

十一點五十分，盒子已經放在他們的桌子上了。

他們從塑膠包裝裡取出紙盒，雖然這東西已經受過不少粗魯的對待，而且顯然也經過許多人的手，但經驗告訴他們，應該以極度審慎的方法處理。

馬丁．貝克打開蓋子，握拳抵著下巴，研究盒內擺放左輪手槍和附送槍托用的保麗龍模子。

「對，」他說，「你說的可能沒錯。」

梅森點點頭。他打開、闔上盒蓋數次。

「這蓋子相當容易開。」他說。

他們把盒子翻過來，檢查各個盒面。此時的盒子已經乾了，而且保存得相當完好。

「沒在水裡泡太久。」馬丁・貝克說。

「五天。」梅森說。

「這兒，」馬丁・貝克說，「這裡有東西。」

他用指頭劃過紙盒底部，那裡顯然曾用紙包裝過。只是包裝紙早已被水浸濕，有些地方已經完全脫落。

「對，」梅森說，「上面有寫字，可能是用原子筆寫的。等一下——」

他從桌子抽屜裡拿出放大鏡，交給馬丁・貝克。

「嗯，」馬丁・貝克說，「還看得出痕跡。『B』和『S』這兩個字相當清楚。可能還有其他字。」

「我們這邊有比這支老放大鏡更精確的儀器。我叫他們瞧一瞧。」梅森說。

「這把左輪手槍是、或說曾經是打靶的武器。」馬丁・貝克說。

「是，我有想到這點。而且是特製的。」

梅森的指節叩著桌子。

「好，我們把這個交給鑑識組，再讓史卡基去各個打靶俱樂部拜訪一下。然後我們倆出去吃頓午餐。這樣的分工不賴吧，嗯？」

「聽起來很不錯。」馬丁・貝克說。

「我可以順便向你介紹馬爾摩的風光。你去過歐佛史丹餐廳的酒吧嗎？」

「沒有。」

「啊，該是登門拜訪的時候了。」

歐佛史丹餐廳位在太子大樓二十六樓。從酒吧窗戶瀏覽市景，比馬丁・貝克記憶中的任何類似經驗都還驚豔許多。

整個馬爾摩市區就在攤展在他們底下，就像從飛機上看到的景象。他們可以遠眺奧利聖橋、沙爾松和丹麥海岸。在格外清朗的晴空下，向北，藍茲克羅那市、文島、甚至赫爾辛堡，都能看得一清二楚。

一個身穿藍色外套的金髮酒保送上薄煎牛排和冰鎮的Amstel啤酒。梅森狼吞虎嚥完以後，拿光了佐料架上全部的牙籤，插了一根到嘴裡，其餘的全收進自己的口袋。

「嗯，依我看，線索全兜在一起了。」他說。

對風景比對食物更有興趣的馬丁・貝克，依依不捨地把視線從窗外的景致收回。

「對，應該是這樣。或許你一向都是對的，雖然你都是用猜的。」

「不斷不斷地猜。」梅森說。

「我們現在只要再猜猜看他人在何處。」

「在本地某處。」梅森用一個慵懶的手勢比了一下市景，「可是，誰會這麼恨帕姆葛倫，恨到那種地步？」

「成千上百的人。」馬丁・貝克說，「帕姆葛倫和他的同夥一向殘酷無情。他們壓榨周圍所有的人和物。例如，他經營各式各樣的公司，長期短期皆可，只要有利可圖就好。然而，油水一旦不夠多，他們就關閉公司，許多在裡邊工作的員工一毛錢的補償也沒拿到就被解雇了。想想看，一個像波伯格那樣的『合法』高利貸業者，會毀掉多少人？」

梅森沒說什麼。

「我想你是對的。」馬丁・貝克說，「只要沒逃出城，那個傢伙應該就在這裡。」

「或者，他出去過，但又回來了。」梅森說。

「也許。那麼這應該就不是預謀犯案。沒有一個計劃殺人的人——應該說，沒有一個受雇於人的殺手，會在夏天晚上騎著單車，還在載物架上帶著裝在盒裡的打靶練習槍去殺人。而且那個盒子比一般的鞋盒還大。」

那個高大的金髮酒保過來站在他們的桌旁。

「警官先生，你的電話。」他對梅森說，「要咖啡嗎？」

「一定是檢驗室的傢伙打來的。」梅森說，「咖啡？要，麻煩你，兩杯Calypso*。」

馬丁・貝克發現，這餐廳裡的人都認得梅森。他心想，斯德哥爾摩有任何餐廳認得他嗎？也許有吧，根據電視報導，還有報紙上的照片。然後，他想到住在帕姆葛倫那些爛公寓裡的房客，被迫支付高額租金，卻又受到不良待遇。他實在應該去弄來一份過去幾年內所有租戶的名單。

「好了，」梅森說，「厚紙板盒子底下曾經寫了一個名字。有個『B』和『S』，這我們自己都看出來了。其他的字很難認，檢驗室的人也這麼說，但他說，那裡原本寫了一個名字，有可能是物主的姓名。」

「依他看，可能是什麼字？」

「史文森——B・Svensson。」

---

* 加入古巴蘭姆酒、咖啡利口酒、可可，和鮮奶油的花式咖啡。

經營靶場的男子凝神地看著班尼・史卡基。接著，他說：

「阿米尼爾斯○・二二口徑？是的，這裡大概有兩、三個傢伙是用那種槍。我沒辦法馬上告訴你是哪幾個。上星期三來這裡的人？我記不得每個來這裡練靶的人。不過你可以問問站在那邊那個傢伙。他在那裡已經連打了十天——從假期一開始就在這兒。」

就在史卡基朝靶場走去時，男子又補上一句：「順便也幫我問問，他怎麼買得起那麼多子彈。」

那名射擊者剛打完一輪，算了分數，正在糊一面新的黑白靶紙。史卡基走到他身邊。

「阿米尼爾斯○・二二口徑？」他說，「我知道有個人用這種槍。但是上禮拜過後他就沒來了。是個好槍手。如果他使用這樣的槍……」

男子秤了秤手掌裡那把貝利塔噴火型自動手槍。

「你知道他的名字嗎？」

「柏托什麼來著……歐爾森，還是史文森，我不清楚。不過我知道他在寇坎碼頭工作。」

「你確定嗎？」

「確定。某種非常低階的工作，我想是清潔工之類的。」

「謝謝。」史卡基說，「對了，消耗這麼多子彈，你怎麼負擔得起？」

「這是我的唯一嗜好。」男子說著，把一盒新彈匣插進手槍。

靶場經理在辦公室裡給了史卡基一張紙條，上面寫了三個姓名。

「這是我知道擁有阿米尼爾斯手槍的三個人。」

史卡基走回警車。他在發動引擎前看了名單：

湯米．林德，甘尼斯．亞克索森，柏托．史文森

在警局，梅森問馬丁．貝克一個問題：「我們該把波伯格和漢森這兩個人怎麼辦？」

「送回斯德哥爾摩，如果烏莎在這裡的工作已經了結的話。」

「我已經完成過來這裡的任務了。」烏莎．托瑞爾用清澈的棕色眼眸看著他。

現在，調查工作只是一連串的例行手續。在向翰登區的警局索討資料過後，電報打字機在兩個小時後傳來了帕姆葛倫出租公寓的租戶名單。

這份名單依字母順序排列，馬丁・貝克立刻指著某一行：

史文森。柏托・歐羅夫・艾曼紐・史文森，一九六八年九月十五日中止租約。

「換句話說，他被攆出公寓。」梅森說。

馬丁・貝克查出波伯格的斯德哥爾摩辦公室電話。他撥出號碼。應該是波伯格祕書的女子接聽。為了確定起見，他問：「是莫柏格女士嗎？」

「是的。」

他告訴她他是誰。

「哦，我能幫什麼忙嗎？」她問。

「莫柏格女士，你知不知道帕姆葛倫先生近期是否關閉、或中止了哪家公司的營業？」

「呃，那要看你所謂的『近期』是什麼意思。他兩年前關掉了蘇納的一家工廠，如果你是這個意思的話。」

「是什麼樣的工廠？」

「一家相當小的精緻工具工廠，製造特殊機器零件，彈簧啊什麼的。」

「為什麼要關掉？」

「那家工廠賠錢哪。那些購買零件的公司一定是已能自己組合機器，或是買了新產品，這我不太清楚。總之，產品沒市場了。他們沒有重整生產線，而是停產，賣掉了工廠。」

「那是兩年前的事？」

「是的，在一九六七年秋天。我想在更之前幾年，他還關掉另外一家類似的公司，不過那是在我過來這兒工作之前。我會知道這一家，是因為波伯格先生負責處理該公司的解散事務。」

「那些員工怎麼處理？」

「大家都有收到通知。」莎拉．莫柏格說。

「一共有幾名員工？」

「我不記得。但文件都收在這裡某個地方。如果你要，我可以幫你找找。」

「你真是好人。我想要所有員工的姓名。」

「你稍等。」她說。

馬丁．貝克等著。她在幾分鐘過後回來了。

「抱歉，我原先不知道那些文件到底收在哪兒。要我把名字唸給你聽嗎？」

「總共有多少人?」馬丁・貝克問。

「二十八個。」

「大家全都得遣散嗎?不能轉調到其他公司去?」

「他們全都被解雇,只有一個人留下。他原來是工頭,後來變成公司的清潔工,不過六個月以後就辭職了,想必是找到更好的工作。」

馬丁・貝克找到紙筆。

「好,現在請你唸出名字。」

她邊唸,他邊寫,可是等唸到第九個名字時,他提起鉛筆說:

「停,最後那個名字再唸一次。」

「柏托・史文森,行政人員。」

「有沒有關於他的其他資料?」

「沒有,只有這樣。」

「謝謝,這樣就夠了。」馬丁・貝克說,「再見,謝謝你的幫忙。」

他立即去見梅森。

「那個名字又出現了。柏托・史文森。兩年前被帕姆葛倫的公司解雇,是行政人員。」

梅森用舌頭把牙籤轉了一個圈。

「不對，」他說，「他是個工人。我跟寇坎碼頭的人事室談過了。」

「你有要到他的地址嗎？」馬丁．貝克問。

「有，他住在華特佛克街。」

馬丁．貝克質疑地揚起眉毛。

「是在格斯堡區。」梅森說。

馬丁．貝克搖搖頭表示不知道。

「靠近厄斯特區。」

馬丁．貝克又聳聳肩。

「唉，你們這些斯德哥爾摩人。」梅森說，「好吧，總之他就住那兒。可是他目前正在放假。他今年一月開始在寇坎碼頭工作，三十七歲，顯然離婚了，他的妻子……」

梅森在一堆文件裡翻翻找找，抽出一張上面做了筆記的紙條。

「他的妻子住在斯德哥爾摩。他們的會計室每個月從他的薪水裡扣除她的贍養費，寄去斯德哥爾摩市的諾圖爾路二十三號，給伊娃．史文森太太。」

「嗯，」馬丁．貝克說，「如果他放假，那麼現在可能不在城裡。」

「這我們會去查，」梅森說，「總之，我們得跟他太太談一下。你認為柯柏……」

馬丁・貝克看看錶。快要五點三十分了，柯柏此時可能正在渴望見到葛恩和波荻的回家路上。

「好，」他說，「那麼明天再說吧。」

26.

星期五早上，馬丁．貝克打給柯柏。柯柏的聲音裡充滿不祥的預感。

「可別跟我說這又和帕姆葛倫的案子有什麼關聯了。」他說。

馬丁．貝克清了清喉嚨。

「抱歉，萊納，但我不得不拜託你幫忙。我想，你手頭上一定有很多事情……」

「當然。」柯柏不高興地打斷他的話，「我也欠人手啊——就和你一樣，該在這裡的人都不在，我都快被工作給壓扁了。整個城裡的情況都一樣，連隆恩和米蘭德都不在。」

「我都了解，萊納。」馬丁．貝克輕聲細語道，「但現在出現一些狀況，讓案子有了轉機。你一定得去搜集某個人的資料，他可能就是槍殺帕姆葛倫的兇手。如果情況壞到不能再壞，你還可以找剛瓦德……」

「拉森！就算內政部長跟他下跪，也說服不了他繼續插手帕姆葛倫的案子。他已經一肚子大便了。」

柯柏閉了嘴，經過一段短暫的沉默，他嘆了一口氣說道：「好吧。這傢伙是什麼人？」

「可能就是上週應該要在綠地站被逮到的那個人，如果我們當時沒出差錯的話。他的名字是柏托・史文森……」

「跟全瑞典大約一萬個人同名呢。」柯柏挖苦地說。

「有可能。」馬丁・貝克口氣溫和地回道，「不過，關於柏托・史文森，我們確實知道他曾待過帕姆葛倫底下一家位在蘇納的公司，是一家相當小型的精緻工具工廠，一九六七年秋天關閉。他原本住在一棟帕姆葛倫所有的公寓，但是大約一年前被攆出去。他是一家打靶俱樂部的會員，而且，根據幾個證人的說法，他習慣使用的槍枝極有可能與謀殺帕姆葛倫的凶槍同型。他去年秋天離婚，妻子和兩個孩子還住在斯德哥爾摩。他自己目前住在馬爾摩，在寇坎碼頭工作。」

「嗯。」柯柏說。

「他的全名是柏托・歐羅夫・艾曼紐・史文森，生於斯德哥爾摩市索菲亞區，生日是一九三二年五月六日。」

「既然他住在馬爾摩，你怎麼不去逮人？」柯柏問。

「我們會去，不過要先多搜集一點資料。我們想，這一點你可以幫上忙。」

柯柏認命地嘆了一口氣。

「好吧。你要我做什麼？」他說。

「他沒有犯罪記錄，但去查查看他有沒有被拘捕過。還有，查查社會福利機構有沒有跟他接觸過。去問房地產公司，他為什麼被攆出去。還有，最後，也是很重要的一點，去找他的妻子談談。」

「你知道她人在哪裡嗎？還是我也得去找她？要找到那位史文森太太，只要幾個星期就可以。」

「她住在諾圖爾路二十三號。別忘了問她上次見到丈夫是在何時。我不知道他們目前的關係如何，不過上週四他有可能打過電話、或是去找過她。這件事你能不能盡快去辦？」

「這得花上一整天，」柯柏抱怨道，「但我顯然沒有選擇餘地。等辦完我會打給你。」

柯柏掛斷電話，抑鬱地盯著他的桌子。地圖、檔案夾、報告等等在桌上擺得到處都是。他嘆了一口氣，挖出電話簿，開始撥起電話來。

幾個小時後，他站起來，抓起外套，闔上筆記本收進口袋，下樓去開車。

在開往諾圖爾路的一路上，他複習一遍從幾通勤快打探的電話中搜集到的資料。

柏托·歐羅夫·艾曼紐·史文森，一直要到一九六七年十月才和警察發生瓜葛。當時他因為酗酒，被帶往波莫拉警察局。他是在自家樓房的門口被捕，在牢裡過了一夜。從那時起，到一九六八年七月，他在這段期間曾被帶到同樣的警察局五次——其中一次也是因為酗酒，另外四次則是因為所謂的家庭糾紛。全部就這些，七月之後就沒有任何拘捕記錄了。

戒酒管理協會也曾經介入。有幾次，他們應房東和鄰居要求到他家，他們聲稱史文森酒後騷擾他們。他曾經受到告誡，但除了被逮捕的那兩次，他們並沒有充足的理由對他採取行動。

在一九六七年十月以前，史文森從來沒有因為酗酒或肇事而被拘捕過，而且在那之前，也從來沒有在戒酒管理協會留下任何記錄。每次他都是經過警告之後就被釋放。

兒童福利局也注意到史文森的家庭。與他們同一棟樓的租戶曾以史文森家的孩童受虐，向該局提出告訴。

根據柯柏搜集到的資料，向這些不同機構提出控訴的，都是同一個鄰居。

根據該控訴指出，當時史文森兩名七歲和五歲的孩子，被丟在家裡「自己照顧自己」。他們穿得很破爛，而且該鄰居聲稱，他聽到小孩子在史文森家中嘶聲尖叫。兒童福利局曾經來查訪過，第一次是在一九六七年的十二月，一九六八年五月又有一次。他們做了幾次家訪，但是都沒發現他有虐待小孩的跡象。屋內整理得不是很有條理，那名母親似乎很散漫，父親失業，家庭經濟狀況很糟。但除此之外看不出小孩子有受到不良對待。比較大的那個孩子在校成績不錯，雖然有點害羞內向，但相當健康，智商中等。比較小的那個，白天跟母親待在家裡，但有時母親找到臨時工作時，會把他托給一名鄰居照顧。那名自己也有三個小孩的鄰居，形容那個小孩活潑、容易與人相處、而且愛交朋友，並且說，小孩從來沒有任何健康不良的情況。一九六八年十一月，這對父母分居的法律手續開始生效。兩名孩童仍然列為該局的監管對象。

從一九六七年十月到一九六八年四月，失業管理處曾經配給該家庭一項保險補助。史文森曾經註冊申請求職訓練，一九六八年秋天，他到職業訓練局的學校修習機械工基本課程。一九六九年一月，也就是本年度時，史文森在馬爾摩的寇坎機工所找到一份工人的工作，從那時起他就遷居該市。

公共衛生部曾因為該房地產公司申訴的驅逐請求，到史文森的屋子測量噪音音量。該戶的噪音，如兒童喊叫、地板足音和水龍頭放水聲等，都被認定是超出可接受的範圍。這樣的驅逐理由其實適用於所有低收入戶的公寓，但似乎沒有人考慮到這點。

一九六八年六月，租賃管理委員會達成決議，同意房地產公司中止史文森的租賃契約。史文森一家被迫在九月一日搬離公寓。沒有人協助他們尋找其他安身之所。

柯柏和房地產公司那個妖怪祕書談過。她很難過這家人被趕出去，但實在是太多人提出抱怨了。最後她說：

「我想，這樣對他們也好，他們不適合住在這裡。」

「怎麼說？」柯柏問。

「我們這裡一般的租戶和他們是不同的階級，如果你懂我意思的話。我們實在不習慣每天都得打電話找戒酒管理協會、警察、兒童福利局，還有天曉得那些……」

「這麼說來，那是你向當局打的報告，而不是鄰居囉？」柯柏問。

「那當然啦。聽到狀況有異樣，著手調查就是我的職責嘛。當然了，有位鄰居非常合作。」

柯柏就此中止談話，只覺得無助、噁心得幾乎要作嘔。

真的有必要這樣嗎？是的，事實顯然就是如此。

柯柏將車子停在諾圖爾路，但沒有馬上下車。他拿出筆記簿和鉛筆。根據自己事前的筆記做了以下這張表：

一九六七年

九月　解雇

十月　酗酒拘捕（波莫拉警察局）

十一月　戒酒管理協會

十二月　家庭糾紛，兒童福利管理局

一九六八年
一月　家庭糾紛（波莫拉警察局）
二月　戒酒管理協會
三月　酗酒拘捕（波莫拉警察局）
四月　家庭糾紛（波莫拉警察局）。戒酒管理協會
五月　兒童福利管理局
六月　租賃管理委員會判決中止租約
七月　通知驅逐。家庭糾紛（波莫拉警察局）
八月　——
九月　逐出公寓
十月　——
十一月　分居
十二月　——

一九六九年
一月　遷居馬爾摩。寇坎碼頭工作

七月　射殺帕姆葛倫？

他讀了一下自己所寫的這些，心想，在這張令人心淒的列表上，一個再恰當不過的標題呼之欲出：

屋漏偏逢連夜雨。

27.

諾圖爾路二十三號是一棟破舊的老建築。從燠熱的戶外走進來，樓梯間涼爽得出人意料，感覺似乎是因為冬季潮濕的寒氣滲存在剝落的牆縫裡。

史文森太太住在二樓，標記「伊娃．史文森」姓名的那扇門，看起來像是廚房的入口。柯柏用力敲門。過了一分鐘，他聽見腳步聲由遠而近，隨後是解開安全鎖鏈的聲音。門微微打開。柯柏對著門縫出示警證。他看不見前來應門的人，但在門打開前，他聽到一聲深沉的嘆息。

柯柏猜的果然沒錯，他一踏進門，就是一間大廚房。在他背後把門關上的女子瘦瘦小小的，五官尖銳而哀傷。她稀疏散亂的頭髮可能曾經染成白色，因為髮尾幾乎都是白的，髮根顏色則比較暗，到了接近頭皮一吋處又變成棕色。她穿著一件廉價的條紋棉布家常服，腋下可見兩大片暗色汗漬。那個氣味告訴柯柏，距離上次洗過之後，這件衣服她已經穿過不只一回。她的兩腿光溜溜的，腳上穿著顏色難以形容的絨布拖鞋。柯柏知道她才二十九歲，但可能會猜她至少三十五歲。

「警察，」她遲疑地說，「現在又怎麼了？如果你要找柏托，他不在這裡。」

「不是，」柯柏說，「我知道他不在這裡。如果你不介意，我只是想跟你談一會兒。我可以進去嗎？」

女人點點頭，走向靠窗的廚房用桌。塑膠花紋桌布上有一本翻開的雜誌和一個吃了一半的三明治，藍花圖案的小碟子裡有一根還在裊裊生煙的濾嘴香菸，碟子裡早已堆滿菸蒂。桌子周圍有三張椅子。她坐下，拿起碟子中的香菸，指指她對面那把椅子。

「坐。」她說。

柯柏坐下來，望見窗外是一個荒涼的後院，只有一個拍打地毯用的架子和幾個垃圾桶，讓院子看起來不至於那麼單調。

「你要談什麼？」伊娃・史文森直率地問，「你不能待太久，因為我還得去遊樂場帶湯瑪士回家。」

「湯瑪士，」柯柏說，「是小的那個？」

「對，這孩子六歲。我去採買和打掃時，會讓他在經濟學院後面的遊樂場玩。」

柯柏張望廚房。

「你還有一個小孩對嗎？」他說。

「對，烏蘇拉。她在『兒童島』的夏令營。」

「你在這裡住多久了？」

「從四月到現在。」她大口吸著菸，直到那根菸只剩濾嘴。「不過我在這裡只能待到夏天結束。老太太不喜歡小孩。媽的，真不知道到時能去哪裡。」

「你目前有工作嗎？」柯柏問。

女人把壓扁的濾嘴丟進碟子裡。

「有，就是替住在一起的這個老太太做事。也就是我用打掃、做飯、買菜，洗衣和侍奉她，交換能住在這裡。她年紀太大了，沒辦法自己下樓，所以她要出門時我得幫忙。還有一些其他差事。」

柯柏對著一扇與外門相對的房門點點頭。

「你們就住那裡面嗎？」

「對，」女人簡短地應道，「就住在那裡。」

柯柏起身過去打開房門。那房間大約是十二呎寬，十六呎長。窗戶面向荒涼的後院。房裡兩張床各靠著兩面牆，其中一張的床底下有另外一張可以拉出來的矮床。一個衣櫥，兩張椅子，一張搖搖晃晃的小桌子，再加上一條破地毯，這便是房裡所有的陳設。

「不是很大，」伊娃·史文森在他背後說，「不過，她允許我們愛在廚房待多久就待多久，而且小孩可以到後院玩。」

柯柏回到廚房用桌。他看著這女人，此時她的食指正在塑膠桌布上比畫著。他說：

「請告訴我過去這幾年你和你丈夫的狀況。我知道你們已經離婚或是分居了，但是在那之前呢？他有很長一段時間沒工作，不是嗎？」

「是的，他大概在兩年前被炒魷魚。不是因為他做錯什麼，每個人都被炒了，因為他們老闆把公司給關了。一定是那間公司不賺錢。他之後就一直找不到工作，根本沒什麼工作機會——我是說，真正的工作。他在被炒之前的職位相當不錯，原本是辦公室職員，可是因為教育程度不夠，他申請的工作都被資歷比較好的人拿走。」

柯柏點點頭。

「公司收掉之前，他在那裡做了多久？」

「十二年。他在更之前還在同一個老闆的另一家公司做過，就是帕姆葛倫。呃，也許他不是老闆，但他擁有那家公司。柏托在那裡的倉庫工作，後來改做送貨員，然後又被調到這家關門的公司。想必另外那家也關門了。」

「你們結婚多久了？」

「我們是一九五九年在惠桑泰德市結婚的。」

她咬一口先前吃了一半的三明治，看了看，站起來，走向櫥櫃，把三明治丟進水槽。

「所以，一共八年半。」她說。

「你們是在什麼時候搬到波莫拉的？」柯柏問。

女人仍然站在水槽邊，用小指指甲摳著牙。

「一九六七年的秋天。在那之前，我們住在費斯曼納路的公寓。那是公司的房子，因為那棟樓房也是帕姆葛倫先生所有。他要把那棟公寓整修成辦公大樓，所以我們就搬到他新建的另一棟公寓。那裡看起來當然好很多，但離市區非常遠，而且，房租實在很貴。柏托被炒魷魚之後，我以為我們得搬家，但並沒有。總之，搬家是後來的事，而且是因為其他原因。」

「什麼其他原因？」柯柏問。

「嗯，例如，柏托喝酒。」她含糊地說，「還有，我們底下的鄰居老是抱怨，認為我們太吵了。可是我們並不比同棟樓的其他人吵鬧啊。聲音非常容易傳出去，即使是在好幾層樓底下，你都能聽到別人家的小孩叫啊、狗吠啊、放音樂啊等等的。我們原本以為樓上那一家有鋼琴，後來才知道，有鋼琴的那一戶其實是在我們頂上再上去三層樓。然後又不准小孩子在屋裡玩。總之，我們去年秋天就被趕出來了。」

太陽開始照進廚房，柯柏拿出手帕擦額頭。

「他喝得很凶嗎？」他問。

「有時候。」

「他酒後是什麼樣子？會很粗暴嗎？」

她沒有馬上回答。她走回來，坐下。

「有時候會發脾氣。對於沒了工作、整個制度那一類的事情很生氣。我很厭倦每次他喝了幾杯，我就得聽他抱怨這些。」

「記錄裡說，你們家有時會打架，」柯柏說，「是發生什麼事？」

「哦，那不是真的打架。我們有時會吵架，有一次，小孩子半夜在我們睡覺時醒來，就開始玩了起來，最後巡警就來了。當然，偶爾我們講話是比較大聲，但是我們從來沒有打架。」

柯柏點點頭。

「你們被威脅得搬走那時，沒有去找租屋人協會幫忙嗎？」他問。

她搖搖頭。

「沒有，我們沒有參加任何類似組織。總之，我們也無計可施，所以就搬出來了。」

「你們之後住在哪裡？」

「我找到一間轉租套房，就一直住在那邊，而後才搬來這裡。但離婚之後，柏托就搬去一家單身旅館。他現在住在馬爾摩。」

「嗯。你上次見到他是什麼時候？」

伊娃．史文森的手指撥過後腦勺的頭髮，想了一會兒之後說：

「上週四，我想應該就是那天。他來得很突然，不過大約一小時後，我就叫他走了，因為我得做事。他在放假，他說打算在斯德哥爾摩待個幾天，甚至還拿點錢給我。」

「之後你就沒有他的消息了嗎？」

「沒有。他在那之後應該就回馬爾摩了。總之我就沒再看到他。」她轉身瞥了一眼立在冰箱上的鬧鐘。「我得去接湯瑪士了。如果把小孩子留在那裡太久，他們會不高興。」

她起身走進房間，但是讓門開著。

「你們為什麼離婚？」柯柏站了起來。

「我們厭倦彼此了。所有事情全都一團糟。我們到後來一天到晚吵架，而且柏托又整天在家怨東怨西、自哀自憐。到最後，我連看他一眼都受不了了。」

她走出廚房。她已經梳好頭，換上一雙涼鞋。

「我現在真的得走了。」她說。

「再一個問題就好。」柯柏說，「你前夫認得他的大老闆帕姆葛倫先生嗎？」

「哦，不認得，我想他連見都沒見過。帕姆葛倫高高在上，坐在辦公室裡經營事業。我想他根本也沒去過他那些公司。那些都是由其他老闆、或是類似經理的人在管理。」

她從爐子旁的掛鉤上取下一個拉繩式的袋子，打開廚房門。柯柏幫她扶著門，讓她在他前面走進甬道。然後他關上門說：「你都讀些什麼報紙和雜誌？」

「有時會看《快報》。特別是星期天的時候。每星期還看《漢妮斯》和《荷拉・華登》。我覺得雜誌好貴。你為什麼問這個？」

「只是好奇。」柯柏說。

他們在門外分手，他望著她走向歐登普蘭街，廉價洋裝底下的身形顯得格外清瘦。

等柯柏打到馬爾摩告知調查結果，時間已是下午。最後那半小時，馬丁・貝克等電話等得不耐煩，在廊道上來回踱步。當電話終於打進來時，第一聲鈴響都還沒結束，他就抓起了聽筒。

他打開和電話接在一起的錄音機，讓柯柏滔滔不絕地講，既沒有打斷他，也沒有做出任何評語。等柯柏講完，馬丁．貝克說：

「辦得好，萊納。這下子我大概不會再麻煩你了。」

「好，」柯柏說，「看來你找對人了。現在我得回去辦我的事情。記得保持聯絡——讓我知道結果如何。替我跟值得問候的人問候一下。再見啦。」

馬丁．貝克把錄音機帶到梅森的辦公室，他們把錄音帶整個聽過一次。

「你覺得如何？」馬丁．貝克問。

「嗯，」梅森說，「是有動機存在。首先，他在帕姆葛倫的公司做了十二年多，卻被解雇，然後被同屬帕姆葛倫所有的房地產公司逐出公寓，最後再加上夫妻仳離。然後，為了取得工作，他得搬離斯德哥爾摩，而那份工作就社會地位和經濟條件而言，都比過去的舊職位來得差。這一切，全是因為帕姆葛倫。」

馬丁．貝克點點頭。梅森繼續說：

「不僅如此，上週四他人在斯德哥爾摩。我還真不懂，他們怎麼沒有及時到綠地站抓人。如果當時沒有錯失良機，帕姆葛倫斷氣那時，我們就逮到人犯了。想到這點就令人惱火。」

「我知道他們為什麼沒有辦好，」馬丁．貝克說，「但這等之後再告訴你。你知道原因會更惱火。」

「好，那就留著之後再說。」梅森說。

馬丁・貝克點起一根菸，沉默地坐了一會兒。然後他說：

「這個逐客令當中有詐。顯然是房地產公司找來各個機構在找他麻煩。」

「再利用某個鄰居從旁協助，是的。」

「這個人無疑也受雇於帕姆葛倫或波伯格，或者兩者都有。事實顯示，當他不再受雇，帕姆葛倫便要把他趕出公寓。在斯德哥爾摩，那樣的公寓可是值一大筆錢——一大筆骯髒錢。」

「你的意思是，帕姆葛倫叫他的員工找個藉口把他趕出去？」梅森說。

「對，我相信就是這樣。當然，是透過波伯格動手。而這個柏托・史文森自己一定了解其中內幕。所以他會痛恨帕姆葛倫，也就毫不意外了。」

梅森抓抓後腦袋，扮了個鬼臉。

「是啦，是這樣沒錯。可是，恨到開槍殺他……」

「你曉得，史文森忍受這種苦日子已經很久了。當他開始領悟到那不純粹是因為自己運氣不好，而是因為遭受某個人或某個社會集團不公不義的對待，他的仇恨就變成了某種著魔般的執念。因為他生命中的一切都被一點一滴地剝奪了。」

「而帕姆葛倫正好代表了那個集團。」梅森點點頭。

馬丁．貝克站起來：「我想，最安全的作法，就是暫時先派個人去盯住他，以免又把人搞丟了。派一個不會在工作時間跑去追小豬的人。」

梅森訝異地瞪著他。

28.

那個名叫柏托．史文森的人住在格斯堡區，那是在靠近東邊的市界。那個區域也叫布拓夫塔山丘，或者，就叫做山丘，因為比起市區其他地方，那裡的地勢顯然格外高突。

只要一說「住在山丘那邊」，常常會被馬爾摩的中產階級瞧不起，但是許多格斯堡區的居民卻對自己所住的區域相當自傲，也很喜歡住在這裡，雖然他們的房子缺乏保養和修繕，也欠缺現代化設備，就品質就一般情況來說也比較差。那些委身在破舊公寓裡的居住者，通常不受高級一點的住宅區歡迎，而且也常被認為沒有必要享受較高的生活水準。因此，近年來許多來到馬爾摩工作的外國人，就都住在這一區。

這是一個勞工階級的住宅區，而馬爾摩的市民，比如說，像維克多．帕姆葛倫那一類的人，不要說極少踏足此地，這些人甚至根本不知道有這麼一個區域的存在。

星期五下午，班尼．史卡基騎著腳踏車來到這裡。他收到馬丁．貝克的指令，前來調查柏托．史文森是否在家，而且，如果是，要在不引起對方疑心的情況下監視他，並且每隔一小時都必須和梅森或馬丁・貝克聯絡一次。

如果一切順利，他們計劃在當晚逮捕史文森。據馬丁・貝克說，目前只欠欠幾樣線索。

根據史文森告訴他的雇主和打靶俱樂部，他的住處應該是在華特佛克街，那條街從西邊的倫德街通到東邊的辛理祥鐵路，貫穿了整個格斯堡區。從倫德街開始，路面便向上坡斜升。史卡基寧可下來牽著單車步行上山丘。他經過那座多年前改建成住宅的圓形老水塔。史卡基很好奇，當中的住戶是不是分隔成就像一片片的派餅。他記得曾在報上曾讀到一篇文章，指出它內部的衛生狀況惡劣到不可見人，當中的居民幾乎清一色是南斯拉夫人。

他把腳踏車留在格斯堡廣場，暗自希望這單車可別被偷走。他事先用黑色膠帶遮掉車框上的「警察」字眼，那是史卡基認為應該保持匿名時的審慎手法。

他要監視的那棟建築，是一棟兩層樓的老舊公寓。他從對街的人行道觀察了一會兒。房子面街的這邊有九扇窗戶，門的兩邊各有兩扇，二樓有五扇。頂上的閣樓另外還有三扇窗，但那個閣樓看起來不像有人住，三扇窗戶都沾著厚厚的灰塵，而且就他所見，都沒有窗簾。

史卡基快步穿過街道，打開大門。在屋內樓梯右邊的一道門上，他看見一片厚紙板上用原子筆寫了「B・史文森」的名字。

他回到廣場，找到一張凳子，坐下來監視這棟樓房。他拿出離開警局時順道買的晚報，打開中央的折頁，假裝在讀報。

他只等了二十分鐘。樓房的門打開，一名男子走上人行道。雖然那男子的身高比史卡基想像的矮，但外表卻相當吻合薩伏大飯店殺人案兇嫌的描述。甚至連衣著——深棕色的運動外套，淺棕色長褲，灰褐色襯衫和紅棕色條紋領帶，似乎也都相符。

史卡基的目光緊盯著男子，但行動卻不慌不忙。他摺好報紙，起身收進口袋，然後緩緩尾隨那名男子。男子在街角轉彎，接著以相當快速的步伐，走向山丘底下的一座監獄。

史卡基對走在他前面的男子突然感到憐憫。對方完全不知道自己很快就要被送進那座老監獄陰鬱的牢牆後面。或許，他很有自信，認為自己逃得過法網。

男子在監獄旁邊右轉，接著再左轉走上吉華帝格路。他在正對著牢牆的足球場圍籬邊停下。

史卡基也停下腳步。足球場草地上正在進行一場球賽，史卡基馬上就認出那兩隊——紅色制服的富來格隊，和藍色制服的巴爾幹隊。兩隊的競爭正熾烈，史卡基倒是不反對待在現場觀賽，但那男子幾乎立刻又舉步向前。

他們繼續一路走到倫德街，經過達罕田徑場後，棕衣男子走進一家三明治小店。史卡基步過店門口時，從櫥窗斜眼窺視，看見男子正站在櫃台前。他到街道下方過去一點的門廊等候。過了一會兒，男子走出店門，一手提著一只盒子，另一手提著袋子，接著依照原路又走回去。

史卡基假定男子是要回家，所以現在他可以保持遠一點的距離。經過足球場時，巴爾幹隊正好踢進一球，主要都是巴爾幹隊球迷的現場觀眾也一致發出歡呼。一個肩膀上扛著小孩的男人高興得大呼小叫，但史卡基一個字都聽不懂，因為那男人講的是南斯拉夫語。

正如他所料，他跟蹤的男子回家了。

史卡基走過對街的人行道，他可以看見那男子正從袋子裡拿出一罐啤酒。

史卡基利用這個時間跑進電話亭，打回警局。馬丁・貝克接聽。

「如何？」

「他在家。剛剛才出門去買了啤酒和三明治回來。」

「很好，待在現場。如果他去別的地方，打個電話通知。」

史卡基回到站崗的那張凳子。半個小時後，他走去附近的報攤，買了另外幾份晚報和一條巧克力，而後又回到凳子那兒。

有時，他會起身在人行道上走動，但不敢走過那個窗戶太多次。天色此時已經黑了，屋裡的男子開了燈。他脫掉外套，吃了三明治，喝下兩罐啤酒，正在房間裡走動。他偶爾會在靠窗的桌邊坐下。

十點二十分，史卡基已經把三份報紙讀過好幾次，也吃了四條巧克力，喝了兩瓶蘋果酒；他受夠了，隨時可能會大吼大叫。

接著，樓房右邊那間房熄了燈。史卡基先等個五分鐘，再打回警局。梅森和馬丁・貝克都不在警局。他打去薩伏大飯店，對方告訴他貝克警官出去了。他再打到梅森家裡。兩個人都在那邊。

「哦，原來你還在那兒啊。」梅森說。

「我當然還在這裡。還是我早該回家了？你們怎麼都沒來？」

史卡基似乎正瀕臨崩潰邊緣。

「哦。」梅森頗不在乎地說。「我以為你知道呢。我們明天才會過去。對了，他現在在做什麼？」

史卡基咬牙切齒。

「他熄燈了，可能已經在睡覺。」

梅森沒有馬上答話。史卡基聽到一陣可疑的泡沫聲，輕巧的玻璃撞擊聲，還有某個人說「啊……」

「我想你也應該如法炮製，」梅森說，「回家睡覺去。老天，他沒看到你吧，有嗎？」

「沒有。」史卡基答得簡短，接著掛斷。

他一腳跨上腳踏車，簡直飛馳似地朝倫德街奔下山。十分鐘後，他已經站在他房間外面的甬道上，撥著莫妮卡的電話號碼。

•

星期六，早上八點五分，馬丁・貝克和梅森敲打柏托・史文森的房門。

他穿著一身睡衣來應門。看見他們的警證，史文森只是點點頭，走回去屋裡換衣服。

他們沒有在屋裡找到任何武器，現場只有一間房間和一間廚房。

柏托・史文森一言不發，跟隨他們出門上車；在到大衛廳廣場的這一路上，他都沉默不語。

等到他們走進梅森的辦公室時，他看了一眼電話，這才第一次開口。

「我可以打給我太太嗎？」

「等會兒，」馬丁・貝克說，「我們得先稍微談談。」

29.

那一整個早上和下午一大段時間，馬丁．貝克和梅森都坐在那裡，聆聽此時已被拘留的柏托．史文森講述他的個人遭遇。他似乎很高興能有這個訴說的機會，他熱切地希望他們能了解他，因此，在談話因為午餐時間必須中斷時，他還頗為不悅。史文森的故事大半證實了他們對案情的事後重建，甚至證實了他們對謀殺動機的看法。

經歷了被驅逐、被迫搬家、遭到解雇、最後又婚變之後，史文森常會坐在他那孤寂的房間裡，思考自己的處境。對他來說，引發這一切不幸的究竟是誰，答案越來越清楚：正是維克多．帕姆葛倫那個吸血鬼，那個利用他人生命來填滿自己荷包的人，那個大人物，那個不管自己員工或房客死活的傢伙。

他開始以前所未有的極端情緒憎恨著這個人。

史文森在問訊期間有幾次完全崩潰，放聲痛哭，但隨即又自我收斂，一再向他們保證，他十分感激能有機會解釋自己。他也說了好幾次，很高興警方來逮捕他。如果他們沒找到他，他說，他大概也撐不了多久，最後還是會出來自首。

對於自己的所作所為，他毫無遺憾。

對他來說，入不入獄也沒有差別了，反正他這輩子已經毀了，他沒有力氣重新開始。

談話完畢，他再也沒有什麼可說。入獄前，他還和馬丁·貝克與梅森握手，向他們道謝。

等到他離開、辦公室關上門之後，房間裡安靜了很長一段時間。最後，梅森站了起來，走向窗戶旁，憑眺窗外的中庭。

「媽的。」他喃喃自語。

「希望判得很輕。」馬丁·貝克說。

一陣敲門聲，史卡基走了進來。

「進行得怎麼樣？」他問。

一時間無人回答。然後梅森說：

「哦，差不多就像我們所想的那樣。」

「就那樣子衝進去開槍殺人？他一定是個冷血的混帳。他為什麼要那樣搞？要是我，我會去對方家裡，等他出來躺在那裡晒太陽還是什麼的，再從花園的籬笆開槍……」

「事情不是你想像的那樣，」馬丁·貝克說，「你可以自己聽聽看。」

他把訊問期間的錄音帶倒轉回去。

「我想是從這裡開始的。」

他按下一個鈕，錄音帶開始緩緩播放。

「可是你怎麼知道，帕姆葛倫那時會在薩伏大飯店的餐廳裡面？」

那是梅森的聲音。

「我不知道。我只是恰巧經過那裡。」

柏托．史文森回答。

「也許你最好從頭開始講起。告訴我們，那個星期三你做了什麼事。」

那是馬丁．貝克的聲音。

柏托．史文森：我的假期從星期一開始，所以那天我沒上班。早上沒做什麼，只是在家裡消磨時間，洗幾件襯衫和內衣褲——天氣這麼熱，就會比較常換衣服。然後我吃了幾顆炒蛋配咖啡當午餐，洗好碗盤之後就出門採買。我走到伐漢廣場的田波商行，那不是離我最近的商店，但是我想殺時間嘛。我在馬爾摩沒認識什麼人，只有幾個一起工作的傢伙，但是放假期間每個人都和家人出城去了。買完東西之後，我又走路回家。天氣實在很熱，所以我不想再出門，就躺在床上讀一本剛在田波買的書。那本書是《至死方休》，作者是艾德・麥可班恩。到了晚上，天氣涼快一些，我在大約六點半左右騎腳踏車到打靶場。

馬丁・貝克：哪一個打靶場？

柏：我通常去的那家，在林漢。

裴爾・梅森：你隨身帶著左輪手槍嗎？

柏：是的，如果願意，你可以把槍鎖在那裡，但我都把槍帶回家。

裴：好，繼續。

柏：我打了一個小時左右。我其實負擔不起，子彈還有會員費等等的，花費相當高，可是人總要有個消遣。

梅：你持有那把左輪多久了？

柏：哦，一段時間了。大概是十年前買的，那時我賭牌贏了點錢。我一直對射擊有興趣，小時候一直希望有把空氣槍，但我父母很窮，即使他們願意買，可能也買不起。不過，他們大概也不願意買吧。僅次於自己擁有一把槍的樂事，就是到園遊會去射那些鐵麋鹿。

貝：你的槍法好嗎？

柏：還算好吧。我贏過幾次競賽。

貝：好吧，那麼，你打完靶之後……

柏：打完之後，我就騎腳踏車回城裡。

梅：那把左輪呢？

柏：收在載物架上的一個盒子裡。我沿著林漢田徑場的單車專用道騎回來，繞過渦輪工廠，經過博物館和法院。在騎到北堤路和韓姆路交叉口時，碰到紅燈停下。我就是在那裡看到他的。

梅：看到維克多．帕姆葛倫？

柏：對。從薩伏大飯店的窗戶。他站著，還有一堆人圍坐在桌子旁。

梅：你之前說你從沒見過帕姆葛倫。那你怎麼認得出是他？

柏：我有好幾次在報上看過他的照片。而且有回經過他的房子，他正好從大門出來，坐上一部計程車。哦，是啊，我知道那就是他。

貝：接著你做了什麼？

柏：就某方面來說，我並沒有思考自己在做什麼。同時，我又知道自己要做什麼。這很難解釋。我騎車穿過薩伏大飯店的大門，把車放在停車架邊。我記得我沒有鎖車——那就像是一切都無所謂了。然後我，呃，從盒子裡拿出左輪手槍，插在外套內。哦，對了，我先裝上子彈；旁邊沒有人經過，我背對著街道站著，把左輪放在盒子裡，裝進幾個彈匣。之後我走進餐廳，朝他的頭開槍。他倒在桌上。接著，我注意到最近的那扇窗戶是開著的，於是爬窗出去，走回我的腳踏車那裡。

梅：你不怕被抓到嗎？餐廳裡還有其他人耶。

柏：我沒想那麼多，只知道，我要殺了那個混帳東西。

貝：你走進去時，沒看到那扇窗戶是開著的？

柏：沒有，我想都沒想。我根本沒料到能夠這樣就逃了出來。一直到看見他倒下，而且發現沒有人注意時，我才想到要逃離現場。

梅：接著你做了什麼？

柏：我把左輪放回盒子裡，騎車越過皮特里大橋，又經過火車站。我不知道渡船時間表，但我知道每小時會有一班飛艇離港。當時火車站上的時鐘是八點四十分，所以我就騎去奶油檢驗站，把腳踏車留在那裡。然後我買一張飛艇的票。我把裝著左輪的盒子帶在身邊。很奇怪，竟然都沒有人追過來。船離港之後我都待在甲板上，但服務生說我得下去艙裡，但我沒有理她，仍然待在那裡，一直到大約開過海灣的半程。我把裝著槍的盒子和彈匣丟進海裡，這才下去船艙裡坐下。

貝：你知道自己到了哥本哈根要做什麼嗎？

柏：不知道，不是很清楚。我只能走一步是一步。

貝：你在哥本哈根做了什麼？

柏：到處逛。我走到某個地方，喝了一杯啤酒，突然有個念頭，想去斯德哥爾摩看看我太太。

貝：你身上有帶錢嗎？

柏：有一千多克朗——是我兩個月假期的薪水。

貝：好，繼續說。

柏：我搭巴士到卡斯特洛機場，買了一張飛往斯德哥爾摩的單程機票。他們說會通知我可搭哪一班飛機。當然，我沒有告訴他們我的真實姓名。

貝：那時是幾點？

柏：當時將近午夜。我就在那裡一直坐到早上，然後有一班有機位——七點二十五分的班機吧，我想。抵達斯德哥爾摩之後，我就先搭從阿蘭達機場開往綠地站的巴士，再走路回家去看我太太和孩子。他們住在諾圖爾路。

梅：你在那裡待了多久？

柏：一個小時吧，還是兩小時。

梅：你什麼時候回到這裡來？

柏：星期一。我在星期一晚上回到馬爾摩。

梅：你在斯德哥爾摩的時候住在哪裡？

柏：歐丁路上一家類似寄宿公寓的地方。名字我不記得了。

貝：回來馬爾摩之後，你做了什麼？

柏：沒什麼。又不能去打靶，我已經沒槍了。

貝：腳踏車呢？還在那裡嗎？

柏：還在。我在從車站回來的路上去取了車。

梅：有一件事我一直很好奇。在你從薩伏大飯店的窗子看見維克多・帕姆葛倫在裡面之前，你曾經動過念頭想殺了他嗎？或者，那只是臨時起意？

柏：我想，這種念頭我以前一定有過，但不是真有什麼計劃。可是，當我看見他就站在那裡，而我又手邊正好又有一把左輪時，那想法一下子就擊中我心坎。我想，就這樣子朝他開一槍，是世上再簡單不過的事。從決定下手的那一剎那開始，我就完全沒有顧慮後續。那當下，我感覺自己像是第一次有了那樣的念頭，但在內心深處，我一定本來就一直希望他死。

貝：等你看到報紙時，心裡有何感受？隔天你一定看了報紙吧？

柏：當然。

貝：當你知道他有可能活命時，感覺如何？

柏：我很氣自己的槍法竟然這麼差。我想，也許當時我應該多開幾槍，可是我不想傷害到其他人，而且他那時候看起來也像當場死了。

貝：現在呢？你現在感覺如何？

柏：我很高興他死了。

梅：也許我們應該暫停一下。你需要吃點東西。

馬丁．貝克關掉錄音機。

「剩下的你待會兒自己聽。」他告訴史卡基，「等我離開之後。」

30.

星期六，在這個暖夏的七月十二日深夜，馬丁·貝克獨自坐在薩伏大飯店餐廳裡。

他在一兩個鐘頭前就已經整理好行李，而且自己把箱子提下樓放在櫃台。此時已經沒有什麼緊急的事情，他考慮搭夜班火車回斯德哥爾摩。

他和莫姆已經通過電話，莫姆似乎十分滿意，一次又一次重覆說：

「換句話說，沒有牽涉到其他複雜的問題？太好了，真是太好了。」

真是太好了，馬丁·貝克心想。

薩伏大飯店的餐廳溫馨、舒適，璀璨華麗，桌上閃動的燭光不停映照在巨大的銀湯盤上。人數適當的客人以合宜的聲量娓娓談笑，既沒有多到令人覺得喧擾，也不至於稀落得令人覺得孤寂。

身著白色外套的服務生恭候在一旁。小個子領班頻頻鞠躬，不斷熱切地扯平袖口。

馬丁·貝克先在酒吧裡喝了一杯威士忌，而後才到餐廳吃了一客龍蝦比目魚排。他用餐廳自釀的琴酒配晚餐，那琴酒裡加了祕密成分，滋味豐美。

此時他慢慢啜飲著咖啡，再加一小杯Sève Fournier*。

一切相當美好。美饌、佳釀，周到的服務。窗外的夏夜濃稠、溫暖、愉悅。

而且，案子也已經偵破。

他應該覺得快意，然而似乎卻不是如此。

看來，他沒有注意到周圍的事物。事實上，他到底有沒有留意自己所吃或所喝的東西，都很值得懷疑。

維克多·帕姆葛倫死了。

他永遠消失了，除了少數幾個國際騙徒，和某些遙遠國家的可疑政權代表人，沒有人會懷念他。而這些人很快就會知道要去和邁茲·蘭德打交道，因此，什麼都沒有改變。

現在，夏洛特·帕姆葛倫已變得十分富有，而且可說是完全獨立了，而蘭德和郝夫—傑生兩人更是前途一片光明。

漢普斯·波伯格可能避得了另一次拘捕，一票高薪聘來的律師會向庭上表示，他沒有侵占公款或試圖走私股票出境，沒有任何不合法行為。他的妻女已經安全地逃到瑞士或列支敦士登，銀行戶頭取之不盡、用之不竭。海倫娜·漢森應該會被判刑，但不至於嚴重到影響她在將來重起爐灶。

唯獨某個碼頭清潔工，他會以二級、甚至一級謀殺罪遭起訴，而他此生的精華歲月就要在牢裡消磨殆盡。

馬丁．貝克組長完全不覺得快意。

他付了帳單，拾起行李箱，步上瑪拉大橋，向火車站走去。

他懷疑，自己在火車上是否還能睡得著。

＊　一種以干邑和可可液為主成分的利口酒，一八三二年由法國人Ernest Fournier所創。

馬丁・貝克 刑事檔案 06

薩伏大飯店

Polis, polis, potatismos!

作者	麥伊・荷瓦兒 Maj Sjöwall 及 培爾・法勒 Per Wahlöö
譯者	許瓊瑩
社長	陳蕙慧
副總編輯	林家任
行銷	陳雅雯、尹子麟、洪啟軒
封面設計	井十二設計研究室
地圖繪製	Emily Chan
排版	宸遠彩藝
印刷	通南彩色印刷股份有限公司

讀書共和國 出版集團社長	郭重興
發行人兼出版總監	曾大福
出版	木馬文化事業股份有限公司
發行	遠足文化事業股份有限公司
地址	231 新北市新店區民權路 108-2 號 9 樓
電話	(02)2218-1417
傳真	(02)2218-0727
客服專線	0800-221-029
Email	service@bookrep.com.tw
法律顧問	華洋國際專利商標事務所　蘇文生律師

出版日期	2020 年 5 月　初版一刷
定價	380 元

國家圖書館出版品預行編目

薩伏大飯店 / 麥伊 . 荷瓦兒 (Maj Sjöwall), 培爾 . 法勒 (Per Wahlöö) 合著 ; 許瓊瑩譯 . -- 初版 . -- 新北市 : 木馬文化出版 : 遠足文化發行 , 2020.05

376 面 ; 14.8 X 21 公分 . -- (馬丁 . 貝克刑事檔案 ; 6)

譯自 : Polis, polis potatismos!

ISBN 978-986-359-793-3(平裝)

881.357　　109004399